ジェローム・フェラーリ

原　理

ハイゼンベルクの軌跡

辻由美訳

みすず書房

LE PRINCIPE

by

Jérôme Ferrari

原理

目次

デルポイに神託の座をもつ主の神は、語りもせず、隠しもせず、ただしるしを見せる。

ヘラクレイトス『断片』九三

そして彼はわたしに言った。「言葉と沈黙のあいだには地峡があって、そこにあるのは理性の墓と物質の墓場なのである」

ニファリ『停止の書』

位置

位置1　ヘルゴラント

あなたは二十三歳だった。花の一輪も咲かない荒れはてたこの小島で、あなたはついに神の肩ごしに見た。奇跡がおこったのではもちろんなく、じつのところ、遠目にも、近寄っても、神の肩らしきものはなにもなく、あの夜に起こったことを表現できるのは、あなた自身がいちばんよく知っているだろうが、隠喩か沈黙しかない。あなたはまず沈黙し、幸福などという凡庸な語には尽くせない眩暈《めまい》に、頭がくらくらした。

あなたは一睡もできなかった。

岩肌の峰にすわったまま、北海に陽がのぼるをただ待っていた。

いま、わたしが、このヘルゴラント島の闇のなかで胸をときめかせながら、思いうかべているのは、そんなあなたの姿で、まるですぐ傍にいるほどリアルに感じる。当初、あなたの名前は、長々とした味気ない文献目録の他の多数のドイツ人名のなかに埋もれていて、わたしには、まずだいいちに、わけの分からない奇妙な原理の名称にすぎなかったのだが。

その三年前からあなたがミュンヘンやコペンハーゲンやゲッティンゲンで論争していた問題はおそろしく入り組んでいて、純真で楽天的な若いあなたでさえ、もっと不遇な同僚たちと同じように、原子物理学に首を突っ込むなどという、とんでもないことを考えついた日をときおり呪ったにちがいない。実験をかさねて、つぎつぎに出てくる結果は、古典物理学のゆるぎない知識とあいいれないだけでなく、ふてぶてしいほど相互に矛盾し、そうした不条理な結果は、原子の内部でおこっていることを、少しでも理にかなった図にえがくこと、いや図であらわすこと自体を禁じていた。けれど、アレルギーで腫れあがった顔をして、花粉から逃れるため、そして、たぶん絶望におちいらないために、やってきたヘルゴラント島で、あなたが知ったのは、図が幅をきかせていた時代が、子ども時代がつねにそうであるように、終焉したことだった。あなたが神の肩ごしに見たとき、物の薄い物質的な表面をとおして見えたのは、物質性が消失してしまう場だった。その秘密の場では、それはすでに場でさえないのだが、矛盾が矛盾でなくなり、同時に、図というものが、なじみぶかい触感とともに消えうせる。人間の言葉がえがける世界は、あとかたもなく消えうせ、あるのはただ、無言にして有無をいわせぬ、色彩のない数式、不動の行列力学の抽象的な壮大さで、その想像をこえる美しさは、あなたの目に見抜かれるのをずっと前から待ちつづけていたのだ。

美への信念があなたになかったとすれば、三年前から休みなくとりくみ、知力をふりしぼり、思考することが身体的苦痛になる限界までいくことはできなかっただろうが、あなたの信念はきわめて奥ふかく、第一次大戦や敗北の屈辱にも、挫折した血なまぐさい革命の衝撃にもぐらつかなかった。あなたが父親の軍服姿をはじめて見たのは、十二歳のとき、金属の先端が尖った軍帽は、きっとアカイアの英雄の恐ろしげな武勇をおもいおこさせただろう。出征する父親が息子たち、ヴェルナーとエルヴィンをだきしめようとして、腰をかがめたとき、ヴェルナー、あなたは、目の前でアウグスト・ハイゼンベルク教授を戦士に変身させた歴史の勇壮な息吹に身震いせずにいられただろうか。駅で、別れのことば、歌、涙、花、そうしたものが表現していたのは、純粋な歓びや粗暴な歓びをこえたもの、共通の運命をわかち合うという確信だった。各人がその共通の運命に生命をささげなければならないのは、各人がそこから価値と意味をひきだしているからであり、崇高な精神性の全体において各人はその肉の部分でしかないという感覚の高揚もそこからきているからだ。父親と二人の従兄が出征するのをみつめながら、あなたはきっと、幼すぎて行動をともにできないことを残念がっていただろう。けれど、まず、従兄の一人が戦死し、もう一人は休暇で帰ってきたとき、まるで別人のようだった。

そのとき、神の肩ごしに見ることが、ときにはたいへんな代償をともなうことに、あなたは気づいただろうか。

神という隠喩がなにを指すにせよ、それは恐怖の支配者でもあり、恐怖の眩暈は、おそらく、美の眩暈をしのぐ力を発揮しうるからだ。そんな眩暈におそわれるのは、切断された四肢、泥まみれの死体がはなつ悪臭、生きたマカロニのように傷口を這う蛆虫の群、引き裂かれた胸郭の奥に巣くうネズミの赤い目を前にしたとき、それにもまして、人間が知らず知らずに内面化した底知れない奈落を感知したときだ。

塹壕の夜、銃に手をのばすとき、自分の動作が歴史以前にまでさかのぼる古くからのもので、原始の野生的しぐさであり、砲弾や毒ガスや戦車や戦闘機といった近代の残酷な工夫もその本質を変えなかったことを知る。なにものもその本質をけっして変えないからだ。

息を切らして走り、頭から倒れこみ、どっと流れだす自分の血をみつめ、脳の白い液が糸を引いてはいないかと不安におののきながら窺うが、出てくるのは血液だけで、エルンスト・ユンガー中尉*はまたおきあがり、獲物を追う者の興奮に酔って、ふたたび走りだし、むきだしの敵の顔が地にうかびあがる陶酔の瞬間、どちらかが打ちのめされる、熱望していた決死の戦いがついにはじまる瞬間をまちうける。

恐怖の陶酔はときには美の陶酔と似ている。想像をこえるほど偉大なものに属している、安寧と平和の凡庸な夢よりはるかに偉大な、交戦する国家よりはるかに偉大なものに属しているとおもう人たちについても、過度の偉大さの幻想に人間をとどめている緊張は、人間を破壊せずには維持されえない。高揚感はいっきょにしぼみ、陶酔のベールはひきちぎられ、あとはただ、恐怖におののく獣のような叫び声をあげながら、こうなった自分自身から逃げだし、どこにもない避難所をもとめて、死にものぐるいで走り、エルンスト・ユンガー中尉は震えながらドイツの塹壕に辿りつく。涙をうかべて、手帳にしるす。いったいいつになったら終わるんだ——こんなろくでもない戦争はいつになったら終わるんだ。

あなたは、別人のようになって前線から帰還した従兄の茫然自失を前にして、知らずにいるほうがよいものがあることを、たぶん漠然と感じとったことだろう。恐怖があらがいがたい欲求の対象になりうることは、エルンスト・ユンガーやあなたの従兄が覚えた眩暈がしめしているとおりで、あなたの父親はなにも語らなかったが、きっと同じだったのだろう——けれど、あなたがどうしてそれを知りえただろう。

戦争は終わっていた。

内的な苦悩、無数の弔い、希望、怨念、そんなものをひきずりながら、生活は重々しくつづいていたが、美は目に見えるものとなり、あなたは、女神のように、この世の美のあらゆるかたちを見る目をもち、それらすべてを愛していた。大多数の人たちは、そんなふとどきな運にはめぐまれていないもので、あなたはときには、彼らがひとつかふたつの美のかたちしか認めることができなくて、ほかの美はまったく目に入らず、秘められた可能性さえ感じとれないことに、きっと気づいていただろう。ミュンヘン大学であなたの訪問をうけたフェルディナント・フォン・リンデマン教授にとって、美を占有する特権をもつのは数学だけで、数学研究の願望をおずおずと表明したあなたのように、真剣に数学にとりくむ者なら誰でも、この永遠の真理を心から信じていなければならなかった。だから、おどろくほどのことでもないが、あなたが、無謀な率直さでもって、物理学書、それもこともあろうに、『空間・時間・物質』〔ヘルマン・ワイル〕を読んでいることを打明けたとき、教授は、まるであなたの体に忌まわしい病の兆候でもみつけたかのように、不快感をあらわにし、あなたは数学の世界にはふさわしくないと宣告し、おまけに、教授の机の下にうずくまっていたイヌ、パグ犬が、長年にわたる教授との親密さのなかで、どのようにしてか教授の美意識をまなびとったようで、あなたの恥ずべき態度を罵倒するように吼えはじめた。リンデマンにとって、物理学者とは、たとえ十八歳の物理学者のタマゴであっても、まったく敬意に値しない存在で、数学を汚すような仕方で無造作に利用しているだけでなく、それにもまして、実感できる世界とつねに接しているため、物質などという軽蔑すべきものにいかがわしい関心をもっていることを臆面もなく公言する堕落した者たちなのだ。

かりにリンデマン教授が、そこまで浅薄な態度をとらずに、あなたに問いかける労を惜しまなかったとすれば、自分のふるまいが不当だったことを認めたことだろう。あなたも、じつのところ、物質を信じたことは一度もなかったのだから。高校の教科書に載っていた原子は、小さな丸い球体のかたちをしていて、ちゃちな鉤みたいなもので、相互につなげられていたが、それはあなたの目には、子どもだましか偽物にすぎず、どちらにせよ、知識の世界ではゆるされないものだった。フランツ・フォン・エップがヴュルテンベルクの義勇軍を指揮して、ミュンヘンに進攻し、バイエルン・レーテ共和国を打倒したとき、あなたは、なまあたたかい春の日の屋根のうえに寝ころび、戦いをそっちのけにし、プラトンを読みふけっていて、そこに、創造の神がわずかばかりの原初の幾何学的形状をもとにして、どのように世界を造りあげたかが書かれているのを知る。預言者的な解明が根気づよい推論をそっちのけにして、根拠のない専制的な権威でもってなされていることに、当初あなたは嫌悪をおぼえたが、けれど、忘れることはできず、ついにプラトンの『ティマイオス』の三角形が、自分のもっとも深い確信のひとつの隠喩的表現であることを、ある種の戦慄とともに認めるにいたった。あなたのなかにきわめて深く根をはっているが、いちども明確なかたちであらわれたことがなく、あなた自身、それがどれほど本質的にあなたのものであるかを知らずにいた確信、世界の実質をかたちづくっているのは、物質性のないものだという確信。

その非物質性が、馴染みぶかいものであることが分かったとき、あなたの畏怖心はやわらいだのか、それとも極限にいたったのか。数学の透明なかたち、音楽や詩、深い靄のなかから陽の光をいっぱいにうけてあらわれるアルプスの峰、あなたを導いてきた、そうした美への無数の道は、すべて不思議なほど似通っていたではないか。物質性はもたないのに、その実在を疑うことができないほど、じかに感じとれるものなのだ。それは戦争の亡霊を追い払い、あなたの歓びを生きかえらせ、あなたは、バッハの二短調シャコンヌの無伴奏バイオリンがプルン城の庭園にひびきわたるのを聴いていた。その曲は、パッペンハイムの廃墟を照らしだし、一九二〇年の夜のとばりがあなたひとりのために降りていた。もしそんな出会いがなかったとすれば、ヘルゴラント島では、非物質性がいたるところに、厳しい断崖のふちや単調な寄せ波にも存在し、とりわけ量子力学の新しい行列式において際立って明白なかたちをとっているのに、あなたはそれに気づかなかったかもしれない。

その存在については、何も語ることができず、名をつけることもできない。沈黙のなかに解消されたくなければ、隠喩によって表現するしかない。

一九二二年、ゲッティンゲンで、ニールス・ボーアが、かぎりない親愛の念をこめて、あなたの物理学の才能は、詩人の才能でもあると言ったとき、それはすでにあなたが知っていたことだった。

けれど、それは何を意味していただろうか。隠喩で表現すると、不正確にならざるをえず、そのことを認めないと、虚言ととられかねない。花の一輪も咲かない荒れはてたヘルゴラント島で、ヴェルナー・ハイゼンベルクは、二十三歳にして、はじめて神の肩ごしに見た、とわたしは書いた。けれど、もう少し正確に言うべきだろう。

それは、神の肩ではなかった。
それは、はじめてではなかった。

位置2　居住地の外、廃墟の荒野で

恥ずべきことだなんておもわないでほしい、あなたは恥じなくていい。一九二〇年、あなたが逃げだしたのは、リンデマンの小型犬のせいではなく、あなたを唐突に秩序によびもどし、本来の道につれもどし、たとえ、あなたの魂が愚かな落とし穴にはまってしまおうと、選ぶのはあなた自身ではないことを喚起しようとして、運命が選んだ使者のせいだ。悪魔の創造物の常として、突飛で鼻持ちならない使者のせいなのだ。アルノルト・ゾンマーフェルトの理論物理学セミナーでは、あなたに罵声をあびせたり、屈辱的な言葉をなげつけようとした者はひとりもいなかった。あなたは自分の居場所にやってきただけで、じつをいうと、わたし自身、これほどあなたを追いつづけたことを長いあいだ恥ずかしく思っていた。わたしの人生において最悪の屈辱をあじわったのは、あなたにかかわることだったからだ。

順序だてて話すことにすると、まず、なにごとにも学ばなければならないことがある。伝統や規範、さまざまな誤謬や勝利の歴史だ。好感をいだいている師たちの研究、現存する研究者たちや　世を去った研究者たち、後進が継承してくれることを願う者、自分が追い越されることを受け入れる者。生きている人も死んだ人も含めて人間が共有している作品、この終わりなき建造物の忍耐づよい構築において、自分も何かためになるものを刻むことができるだろうと考えながら、自分自身の場を得なければならない。火が迫っているときには、救えるものは救いだし、新たな再建のために闘う力が必要となる。けれど、あなたは、闘いが出発点だった、廃墟のなかで。

あなたはまず火に直面した。

あなたが選んだ領域においては、救いだせるものは何もなかった。再建のどんな試みも、あやふやで不安定な構築にいきつくだけで、それは妄想の頑固な信念がうみだしたものにしかみえず、かといって、灰燼に帰した過去にしがみついてはいられない。マックス・プランクが普遍的な作用量子を発見してから、その憎らしげな定数h*が、撃退不可能なウィルスみたいな忌むべきスピードで　数年のあいだに物理学の数式を汚染し、自然は狂気にとらわれたかのようだった。むかしながらのエネルギーの連続性という概念に亀裂がはしって割れ目ができ、光のなかに妙な粒子がうごめき、それでもあきたらないのか、物質が幽霊のように干渉しあって、無秩序な光を発している。侵すことができないと信じられてきた境界がぼやけ、そして粉々に砕けちる。同じ現象が、どんな実験装置にゆだねるかで、波動になったり、粒子としてあらわれたりするのだが、波動でも粒子でもありうるものは存在せず、おまけに、時がたつほどに、この恐るべき二面性は例外どころか、基準そのものであることがあきらかになった、誰にもさっぱりわからない基準。ただ、絶望的なほどはっきりしているのは、原子は、気のよさそうな核のまわりをかわいらしい電子がのんびり回転しているといった、ミニチュア太陽系のようなものではないということだ。原子はありとあらゆる夢を悪夢に変えた。ギリシアの哲学者レウキッポスや、デモクリトスや、アナクサゴラスのもっとも崇高な夢も、そして、アーネスト・ラザフォードの夢も。原子は無意味と異端が凝縮したもの、理性を呑みこむ泥沼になりはてたが、しかし、この泥沼のうえにこそ、再び生きることができる、新しい住処を構築しなければならないのだ。

伝達されるべきものが残されているのなら、知識の伝達は、侵すべからざるものだが、アルノルト・ゾンマーフェルトにとって、それは優先事項ではなくなった。そんな特殊な状況にあっては、学生といえども、ただの新参者ではなく、同僚とまではいえなくても、少なくとも、協力者として扱われ、足どりが不確かで危なっかしくても、この危機に立ち向かうために、力を尽くさなければならないのだ。そんなわけで、アルノルト・ゾンマーフェルトは、それ以上多量の実験結果は待たず、無数の巫女ピュティアが実験室で受け取った、何も隠さず、何も語らないデルポイの神託を、あなたにゆだねることにした。突然の閃光、靄《もや》を照らし出す細かな水滴、物質の秘密の底から発するスペクトル線、そうしたものが、無言の言葉をなしている。あなたが負った任務は、そこに、意味の奇跡がわきあがるような、数学的規則性をさぐりだすことで、そうすれば、支離滅裂な混乱にも終止符が打たれる。やってごらんよ、クロスワードパズルより面白い練習になるよ、そう言うゾンマーフェルトには、皮肉な調子などもうとうない。そして、あなたの物理学の知識の足りない部分を補うために、同輩のヴォルフガング・パウリをこともなげにあなたに差し向けた。

たぶん友情だろう、もし友情だとすれば、それもまた謎だ。パウリはすばらしく実力があった。謙虚は彼の主要な資質ではなく、誰かに対して、もちろんあなたに対しても、たとえ、たんに礼儀からだけであろうと、自分の価値を低くみせたりはせず、そういう前提にたつ気さえまったくない男で、ゾンマーフェルトの提案がうけとめられないはずはなかった。パウリは、この火と廃墟の時代には、あなたが物理学をまったく知らないことが、あなたへの信頼の理由だとみなした。少なくとも、無用になった知識にまどわされることなく、したがって、未開の地に奇跡的に新しい考えが生まれるわずかの可能性が絶対にないとはいえない。いっぽう、あなたは、彼が本気でそう言っているのか、ただからかっているのか見当がつかなかった。というのも、パウリは誰に対しても容赦なく、ゾンマーフェルトについてさえ、退役した騎兵連隊長みたいだと言いはなって、その非礼な言いぐさに驚くあなたを嗤った。けれど、夜になると、パウリは就寝時間をできるだけ遅らせ、自分の人生にとりつくことになる夢を見ないようにした。当時はまだ、ユング博士の聡明さにゆだねるためのメモはとっていない。* パウリは一晩じゅう、あなたがけっして足を踏み入れないような危ない放蕩の場と、仕事机とのあいだ、そして、ひとつの袋小路からもうひとつの袋小路へとあるきまわり、疲労困憊によって、わたしたち誰もがそうであるように、自分が逃げたかったもの、どれほど愛に満ちた抱擁も救ってはくれない情け容赦のない夢に連れもどされる。

夜明けの灰色の光でいっそうおそろしげな様相を呈する、その夢のなかでは、母親にも、子ども時代の親密な影にも出会うことがない。

ひと気のないだだっぴろい階段教室の高い黒板に、自分が理解したはずだった等式が消えてゆくのを、パウリはおののきながら見まもる。彼はそれらの等式をもう二度と目にしないことを知っていて、どんなに記憶に刻みつけようとしても、のこっているのは無言のサインのぼんやりとした記憶だけで、まるで意地悪な神が、あとで取りあげてしまうことだけを楽しみに、その全知の秘密をこっそり打明けたかのように、それは無に帰してしまうのだ。

厳しい司祭の石の口から、パウリが聞きたくない無意味な宣告が、世界のあらゆる言葉で飛びだしてくる。

きらめく星の光のもとで、長い金色のコブラが塵のなかでからだをくねらせ、知恵の木の枝にぶらさがっている腐った果物を眺めている。

パウリが大学のあなたのところにやってくるのは昼ちかくで、あなたは早朝からきていたが、そのころパウリはまだベッドのなかでうなされていた。彼は無造作な親しみをこめてあなたに挨拶し、アルコールやタバコや去っていった女のにおいをぷんぷんさせていたが、そうしたものは、あなたにとっては、かすかな香りのかたちでしか存在していなかった。あなたはおそろしく完璧でおそろしく徹底的に健やかな若者だった！　――野外の空気と仲間同士の純朴な友情を渇望するボーイスカウト、情熱と素朴さにみちあふれていて、まるで、よりよい世界の到来のために、友人たちとともにワンダーフォーゲルをしているかのようにみえる。徒歩での遠出や、キャンプファイヤーをかこむ男性的な苦行の悦びや、生活の完全無欠の清潔さが、世界を救済するのに十分だといわんばかりだ。あなたが好んでいたのは、わたしには無縁なものばかり、わたしには理解できないものばかりで、それだけでもあなたを嫌うのに十分だったはずなのだが、一九八九年六月のその日、若いころのわたしだと認めざるをえない学生は、学年末の最終試験において、あなたのせいでひどい屈辱をあじわわされようとしていることを、まだ知らずにいる。

口頭試問でわたしが解説することになったのは、あなたの『現代物理学の思想』の一節であることを知ったところだった。思春期の危機をいつまでもひきずっていて、イギリスのコールドウェイヴ〔ジョイ・ディヴィジョンやバウハウスなど陰鬱なバンドの音楽〕や香《こう》に夢中になっていたので、ぜんぜん読んだことのない本。目の前にある、あなたの本の装丁デザインは意図的にそうしたとしか思えないほど不体裁で、黒地にひどく醜いオレンジ色の多角形がえがかれていて、まるで出版社が、量子力学そのものだけではうんざりさせるのに十分ではなく、卑劣きわまりない方法も含めて、ありとあらゆる手段でもって、本を買う意欲をくじこうとしたかのようだ——醜さこそがまじめな科学の保証と考えたのなら別だが。わたしの前の受験者が、懸命になって口をもぐもぐさせているのが聞こえてくる。背中をふるわせ、うなだれていて、向かいにすわっている若い女性の准教授は、少しばかりひきつった笑みをうかべながら、学生に耳をかたむけ、なにげなく指先でとんとんと机をたたいている。きれいな人だとおもった、彼女があなたの理論に一年間をついやした講義に一度も出なかったことを後悔した。けれど、あなたのことは念頭になく、頭をかすめたのはたぶん、いささか幼稚でエロティックな妄想で、た。わたしは、読んでもいなければ、理解してもしないテクストを解説するすべを心得てい結局のところ、四年間の学業において、わたしが修得した唯一の確かな能力でさえある。それが、大衆むけの解説文があれば、うわべだけの完璧な論理を鉄面皮に駆使して、自分の無知をそれまでたくみにごまかしてきた。そんなわけで、素粒子の位置と速度とを同時に知ることはできないという、不確定性原理をみいだしたのはあなただったことは知っていたし、一九二〇年代の物理学者たちを対立させていた論争において、あなたはニールス・ボーアやヴォルフガング・パウリの陣営にいて、アインシュタイン、シュレーディンガー、ブロイ公爵〔ルイ・ド・ブロイ〕の陣営と対峙していたことも知っていたが、その理由はよくわからず、だいいちどうでもよかった――その程度の知識で、若い女性試験官にたちむかえるつもりだった。試験官からの合図をうけ、わたしは、無知がもたらす揺るぎない慢心をいだいて試験官の前にでていく。結局のところ、何もわからず、あなたを知らずにいて、荒涼とした小島にいるあなたに近づく気もなく、あなたは長たらしいドイツ人名リストのなかのひとつにすぎず、非凡な知性の苦悩や陶酔についても無知で、わたしは、肉屋が肉を切るように、テクストを分割し、ていねいに切り分けていき、ついに血のかよったものは何もなくなってしまう。わたしは、北海を前にしたあなたが忘れがたいひらめきを得たことも、ひらめきの瞬間ですべての謎が解けたわけではなかったことも、知らずにいた。

あなたが、わずかに垣間見た光は消えてしまう。

けれど、あなたがヘルゴラント島での計算の結果をパウリにしめしたところ、彼は未熟者の無駄な労作とはうけとらず、「興味ぶかい」とまで言ってくれた。パウリがアインシュタインの論述を「愚にもつかないとは言えない」と評するような人物であることを考慮すれば、この言葉は最高の感激の表現とうけとることができるだろう。長年にわたって物理学者たちすべてが陰鬱なおももちで彷徨っていた恐るべき迷路から抜け出す唯一の道に、決定的な一歩を踏み出したところだ、あなたはそう確信した。解きがたい問い、誰にも観察できず想像もできない物質的な現実にかんする問いを放棄し、波動だの、粒子だの、軌線だの、軌道だのといった話を頭のなかから追放して、胸がはりさけるおもいを抑えて、描像のノスタルジーから身を解き放ち、深い淵を一気にのりこえて、数学的表現に飛びあがればいいのだ。そこがもともと理性のいる場所だったのだから――そして、ふたたび夏の夜のプルン城の庭園に、シャコンヌの旋律が独奏バイオリンからわきあがってきて、あなたを苦悩から解放し、世界はけっして外見どおりのカオスでもなければ、無意味な死や、方向を失った魂や、むなしい希望や、廃墟や、怨念や、解きほぐしがたい怒りや、独裁による屈辱ではなく、神という名では呼ばなくても、すべてのものがその居場所をもつ中心的な秩序が存在することをおしえられた。そう、あなたはたしかな道をみつけだした、これしかない、そう確信した。すくなくともそのときは、物理学者の世界を納得させることができると信じて疑わなかった。

けれど、もちろん、なにひとつとして、あなたが望んでいたようにはいかなかった。

アインシュタインは、へんてこりんな行列力学の説明をあなたからうけて、自然の客観的な記述という、彼がつねに主張していた理想を放棄して、物理学を危険な場にひきずりこんでいくものとして批判した。根拠のない批判ではなかった。さらに、同じ一九二六年、しばらくしてから、エルヴィン・シュレーディンガーが出した仮説は、道理に合わないものので、あなたには恐るべき後退にしかおもえなかったにちがいない。電子は粒子ではありえず、波動であり、ときには粒子の様相をしめすが、ただの波動にすぎない、というものだ。その主張のうらづけとして、物質の波動のうごきをしめす、みごとな微分方程式を構築した。それは、さまざまな実験結果をも、あなたの厳格な行列力学をも考慮に入れていて、しかも、より簡潔で、親しみやすく、科学界は、量子の苦悩のなかを何年もさまよいあるいた後に、嫉妬ぶかい神に奪われていた楽園の岸にやっとたどりついたことに感動していた。あなたが尊敬してやまないアルノルト・ゾンマーフェルトでさえ、波動の人魚の魔の歌声に屈してしまいそうだった。あなたが、シュレーディンガーの理論はどんなに魅力的でも、あきらかにされた事象に矛盾するとして反論しても、だれもあなたに耳を貸そうとしない。すべてはすぐに解決されるだろう、ことはすでに明らかだ。あなたはただの卑しい恨みの念につきうごかされているのではないか、量子にかんする自分のたわごとを断念することが悔しくて、ただの嫉妬心から些細なことがらに執着しているのではないか、とあけすけに疑う者さえいた。さもしい怨念と無縁な人はいないし、あなたが自尊心を傷つけられたのは事実かもしれないが、あなたをつきうごかしていたのは、どれほどの苦悩をともなうことになっても、原子的現象の直感的な描像を永久に捨て去らなければならないという確信だった。シュレーディンガーや他の人たちはまちがっている。願望とノスタルジーが抗しがたいものにしている虚しい妄想をだきしめているだけだ、彼らは、それと知らずに、未開の地の果てで、魔物が徘徊する迷路をさまよっている。そうした険悪な地は抑えこまなければならず、さもなければ、彼らはその地から脱することができず、失われた楽園をみつけだすことはできないだろう。

位置3　霧箱のなか

問題の実験結果は、単純なのだが、手のほどこしようがない。ウィルソンの霧箱*をつかえば、蒸気のなかに電子の飛跡を、凝縮した粒のようなかたちで見ることができる。けれど、どんな理論の枠組みを用いても、あなたの理論にせよ、シュレーディンガーの理論にせよ、電子のえがく飛跡を予測したとたん、ぬきさしならない矛盾におちいってしまう。つまり、明らかに存在しているのは、存在するはずのないものなのだ。

他の人たちはみんな間違っていた、あなたはそれを知っていたし、ニールス・ボーアも、ヴォルフガング・パウリも知っていたが、無慈悲な霧箱は、すべてを解決したと信じるぜいたくをあたえてくれず、あなたは理解されない不幸な天才にすぎなかった。そう、忘れえないひらめきの瞬間がすべてを解決するわけではなく、ひとつひとつの前進は、それ以前よりさらに過酷な、新しい失望をうみだす。未完成の理論に、あなたが対置できたのは、同じくらい未完成の理論だけだった。あなたは、コペンハーゲンのニールス・ボーアといっしょになって、間違いを批判しても、それを修正する手段はもたなかった。ボーアはシュレーディンガーをコペンハーゲンに招き、波動をあらわす関数がいかに数学的進歩をもたらすものでも、物理学の現象の次元ではなにも解決していないことを、シュレーディンガーに分からせようと、何日間も朝から晩まで、いっときの休息もあたえずに説明をこころみたが、無駄だった。シュレーディンガーが逃げ出さないように、ボーアは自分の家に泊め、徹底的に攻めつづけ、朝から彼の寝室の入り口で待ちかまえ、夜のあいだに構想した反論をなげかけ、熱にうかされたような執着心で最後の砦まで追いつめ、朝食のテーブルでも、浴室のドアごしでも、電子は波動のような動きをみせても、どのような場合も波動ではないと、哀願するような声で主張し、もうそろそろ認めてはどうかと訴え、リビングから書斎まで一日じゅう追いかけまわした、夢のなかまで付きまとったかもしれない。ついにシュレーディンガーは、当時よくあったことだが、ある日物理学を勉強しようなどという愚かな決心をしたことを苦い思いで後悔し、この非情な男から逃れるには病気になるしかなかったが、それさえさほど効き目はなく、ボーアは病んでいる彼のベッドのそばに居すわり、パジャマの上着の襟もとをつかんで、疲れきった病人を静かな眠りからひっぱりだし、安らかに死んだほうがましだと切り返したくなるほどだった。シュレーディンガーがようやくこのデンマークの牢獄からのがれると、こんどはあなたが徹頭徹尾苦しめられた。ボーアはまるで小鳥をねらう猛禽のようにあなたにつきまとい、むかむかするタバコの煙をただよわせて、つぎからつぎへと質問をあびせかけ、とりつかれたような異様な顔つきで、結局なにがなんだか分からないものになるほど、問題をあらゆる角度からひねくりまわす、彼はあなたを苛立たせ、あなたが眠るのをさまたげ、考えるのをさまたげ、あなたはついに堪えられなくなり、午前三時、もうやめてくれと、泣きだし、そして、ボーアがスキーをしにノルウェーに行くことにしたのを、願ってもない解放とうけとめた。あなたは、ボーアが片足骨折、いや、両足骨折でもしてくれたらとひそかに願ったかもしれないが、でもすぐさま、自分の心の残酷さをみずから責めただろう。ボーアを父親のように慕っていたからだ。けれど、父親から離れてこそ、ウィルソンの霧箱の前で、ひとりで、途方にくれながら、孤児の目でもって、存在するはずのない軌道の跡と対峙することができるのだ。

あなたはしじゅうそこにたちもどり、逃げだすことは不可能で、不消化な現実の味は吐き気をおこさせ、この観点では、シュレーディンガーのばかげた波動はあなたのもの以上に、この単純な現象を説明できるわけではないと考えても、慰めにはならなかった。けれど、ボーアが不在のとき、神は憐れみをおもいだし、あなたが神の肩ごしに見るのを許した。そして、あなたは理解した。

霧箱のなかでは、電子の軌道が観察されたことはなかった、じつのところ、一度も観察されなかった。見えていたのは、凝縮された粒の点在にすぎず、それ以上のものではなく、点在するものが連続する軌道のような錯覚をあたえるのは、人間の思考が何千回とくりかえされたルーティンの犠牲になっているからで、子どもがノートにしるされた番号つきのドットをていねいにつないで、魔法使いや、ドラゴンや、キマイラの像をえがくのとかわりない。

あなたはさらに目に見えるものを越えて見ることをまなび、あなたを縛りつけているありとあらゆる習慣から脱しなければならなかった。滴《しずく》の巨大な宇宙のどこかに電子がある。どこにあるかを突きとめることは不可能だ。少し離れたところで、電子はふたたびその位置をしめすが、それが霧箱のなかに飛跡をしるしたものと同じなのかはわからない。なにか特別なうごきがつぎつぎにおこり、闇を照らす目に見えない存在の閃光をしめして、消え去った。ただそれだけだ。あなたは見た。もう何も見えない。永続性はない。連続性はない。軌道はどこにもない——しかし生気のない亡霊の群がウィルソンの霧箱のなかを不明確な速度でとおりすぎ、ぼんやりとした輪郭の跡を霧のなかにしるしていった。

それが原理なのだ。

けれど、その数十年後、わたしは、ハイゼンベルクの不確定性原理によれば量子力学において素粒子の位置と速度を同時に知ることはできない、そうくり返すだけで、答えになっていないことは自分でも分かり、試験官の若い准教授の顔から笑顔が消え、彼女の苛立ちがつのるにつれて、長い指先が卓上をたたくリズムが加速し、最悪の瞬間、その目じりに刻まれた細かい皺が、あらためてぞっとさせるほどエロティックな想像をかきたてても、それさえ救いにならない。彼女はため息をつくと、両手でゆっくりと顔をおおう。彼女の指に婚約指輪がないのが、せめてもの気休めになったが、すでにわたしは落第していたし、彼女が憤激をあらわにしなかったとしても、自分がめちゃめちゃなことを言っていることを、わたしは自覚したにちがいない。というのも、あなたの出版社の執念は徹底していて、あなたの本は装丁が醜いばかりか、ページを繰ることができないようなしろもので、わたしは身をもってそれを知ったところだった。テクストの簡単な説明をあたえていたとき、パリッという音をたてて製本がほどけ、ページが机のうえに飛び散り、ばらばらになったページは、本がそれまで一度も開かれなかったことを暴露した。試験官はわたしに黙るよう合図した。わたしが並べたてたいかがわしい料理、わたしが完璧にマスターしていた軽蔑すべきレシピによる低劣な料理が何であるか、彼女はすぐにわかり、うんざりしていた。というのも、わたしの言うことは、悪いだの偽りだのという以前に、ただの味気ない実証主義者のスープにすぎず、彼女は、受験者たちにあきあきするほど食べさせられてきて、吐き気をもよおしていたのだ。わたしは不確定性原理を漠然とした知的制約にすりかえてしまったのだが、じつのところ、それは物質性の解体というおそるべき宣言だった。彼女はなおもわたしを問いつめ、ついにわたし自身が、目がくらむように輝く霧箱のなかに解消されてしまう。わたしは家に帰りたい、わたしに会いにくる女ともだちと自分の部屋でベッドに横たわりたい、その前に、母を散歩か買い物に行かせ、あまり早く帰ってこないようにたのんでおき、母はわたしの性生活の影の仕切り役を演じるのがうれしくて、共犯者のたのしそうな笑顔で、いつも承知してくれるのだが、それがわたしを恥ずかしくさせる、わたしは恥ずかしい、腹が痛む、ふたたびあなたから遠ざかりたい、これまでいつもそうであったように。

わたしは、あなたからほんとうに遠いところにいる。

わたしはあなたを知らない。バイエルンも、冬の陽光につつまれたアルプスの山頂も、灰色の海のほとりに建つデンマーク王子の城も知らないし、自然はわたしをおびえさせ、嫌気をおこさせる。そして、バイオリン独奏のためのパルティータに耳をかたむけると、聞こえてくるのは、いかなる中心的秩序の呼びかけでもなく、生命が、みずからの脆さを、無用にして奥深い力をこめて嘆いているかのように、なにものも慰めてくれない悲しみの旋律だけだ。わたしは、あなたの闘いや疲労困憊から遠いところにいる。ノルウェーから戻ったニールス・ボーアの前ですすり泣くあなたから、遠いところにいる。帰ってきたとたん、ニールス・ボーアは夜中にふたたび質問をあびせかけ、その残酷な反論、情け容赦ない一徹さでゆさぶりをかけ、あなたが発見したばかりの原理をどうあっても理解しようとして、あなた自身が人間の言葉でそれを表現するまで、いっさい休息をあたえようとしなかった。

あなたの不眠症や、憎悪の爆発や、後悔の誠実さから、わたしは遠いところにいる。あなたはニールス・ボーアに手紙を書き、自分の幼稚な頑固さや、神経過敏の脆さ、そしてとりわけ、恩知らずをわびるのたが、それはあなたがニールス・ボーアを父親のように愛していたからで、ゲッティンゲンでのはじめての出会いから、ニールス・ボーアはあなたを導きつづけ、それ以上に、考えるとはなにかをしめしてくれ、ボーアなしには、考えるということは、計算や論理でもパズルでもなく、じつは、速度と、力と、残酷さと、苦悩と、陶酔との魔力であり、執拗にえぐりつづけられる傷口であることを、あなたは知りえなかっただろう。

わたしには、考えるとはなにを意味するのかよくわからない、よくわからないのだが、不確定性原理は人間の言葉をこえたところで展開されるとしても、それを表現するのは人間の言葉でなければならないのだから、こう言おうではないか。素粒子の速度と位置との関係は、一方を正確に測定するとすれば、その正確さに比例し、完璧に量化できる仕方で、もう一方の測定の不確定性をうみだす。

もしも、位置を正確に決定することにすれば、速度は文字通り無限にわからないものとなる——速度は存在するが、それをわたしたちが知りえないということではなく、むしろ、速度という概念が正確な意味を失うということなのだ。

もしも、速度を決定しようとすれば、位置のほうは茫漠としたものになり、まるで電子が空間にひろがって、隅々にいたるまで全体をうめつくすかのようなのだ。

速度と位置はまったくの潜在性であり、測定するときのみ多少とも客観的現実性をえるのだが、けっして両方同時にではない。

しかし、人間の言葉がこれほどへたくそにしか表現できないものが、数式によれば、いっきょに、まるで毒素を隠してしまうかのように簡潔ですっきりとしたかたちを取る。というのも、その比類のない美しさをひめている不等式のかたちをとるずっと前に、不確定性原理はまず、わたしたちはけっして物の本質に到達できないという、あなたの確信のなかにあった。それはわたしたちの能力の欠如のせいでも、呪縛のせいでもなく、究極的、根本的な理由によるものだ。くだんの若い女性試験官は、わたしに退出を指示する前に、彼女の憤激のついたて役をはたしている机ごしに、その理由をあかした。——つまり、物には本質はないからです。

位置4　可能と現実のはざまで

文献目録に連ねられた氏名は、死者の慰霊碑とおなじように、それが意味するものを隠蔽する虚構になってしまうものだ。年齢もなければ顔もない。一九二〇年、たぶんあなたがゾンマーフェルトのセミナーに参加したころに撮られた写真を見るまで、あなたがこれほど若かったことが想像できなかった。やっと子ども時代からぬけだしたみたいで、まさしく、ボーイスカウトのような風貌をしているが、しかし、あなたの顔をかがやかせているる無邪気な微笑は、生に対するすばらしい信頼感にあふれていて、見るたびに、わたしをあなたから遠ざけているものを忘れさせてしまう。それは、高慢も虚勢もない自然で全的な信頼感で、嘲弄などしようがない。その信頼感はその若さをずっと保っていたらしく、十年後、ライプツィヒ大学で撮られた、父親の死去のせいでつけていた喪章以外に　学生たちと区別がつかないあなたにも、そして、一九二七年、ブリュッセルでのソルヴェ会議の写真のあなたにも、みることができる。最前列には、アルベルト・アインシュタインや、マリ・キュリーや、マックス・プランクがすわっていて、あなたはもっと慎ましやかに、最後列でちょっと恐縮しているように、しゃちほこばって、ヴォルフガング・パウリの傍に立ち、パウリはシュレーディンガーをにらんでいるようにみえる。ところが、すべての論争の渦中にあったのは、あなたの原理だった。毎朝、アインシュタインは朝食のテーブルで、前の晩におこなった思考実験を紹介して、原理を反駁し、少なくとも理論的には、素粒子の速度と位置を正確に決定できることを証明しようとする。毎日、アインシュタインはまる一日かけて、話し相手が疲労困憊するまで、いつものようにあらゆる方向から問題を攻め、夜になると、ニールス・ボーアがアインシュタインの論証のなかに見つけた欠陥を指摘し、翌朝まで原理を擁護する。アインシュタインは、シュレーディンガーとルイ・ド・ブロイの支持をえて、けっして妥協しない。

その後も妥協することはないのだ。

それは技術上の不一致でもなければ、数学的な形式の問題ともまったく異質のものだ。あなたよりも若いポール・ディラックは、あなたの行列力学は、数学的には、シュレーディンガーの波動力学と等価であり、一冊のなぞめいた文書のふたつの異なる言語への翻訳のようなものだと主張した――何も語らず何も隠さないデルポイの神託、数学もまたその微妙な隠喩なのだ。あなたは闘いからはじめ、火からはじめたのだが、わたしは、あの一九八九年夏、ずたずたに引き裂かれた自尊心の残りかすを、海辺の父の家にしまいこみ、人生最悪の屈辱感をあたえてくれたものをなんとか理解しようとこころみて、わかったことは、あなたは火を消すどころか、無頼漢のように、燃えひろがらせ、火はついには大火災になって、もっとも神聖なものまで嬉々として荒らし、科学の侵すべからざる理想のすべてを呑みこむ炎でもって焼きつくした、アインシュタインが一九二六年、あなたに言ったように。

あなたの若さがなしえたわざなのか、征服者と殺人者の若さがなしえたわざなのか。

あなたはいま因果律を論破したところで、自分でもおどろいていると、友人のカール・フリードリヒ・フォン・ヴァイツゼッカーにあてた手紙に書く。あなたに憧れ、あなたのようになることを夢みている、わずか十五歳の少年にたいするこの打明け話のすごさには、不遜な怖れと、磊落さと、誇り高さとがいりまじっている。あなたの怖れは納得できる。あなたは因果律を否定しただけでなく、若さの残忍な無垢でもって、解体を宣告し、物質の究極の構成要素を、亡霊より青白くて透明で混沌としたものにかえようとしているのだから――なんの資質もなく、言葉で表現できないほどすべてが削ぎおとされ、現実と可能のはざまに埋もれた、ささやかな物の兆しのようなもので、人間の視線がそこに向けられ、その存在をみとめることを待っているだけの存在。物理学者の視線は、触れるものすべてに主観性という毒をそそぎこむ人間の視線にすぎないからだ。それは神の視線にはなりえない。長年の構想を、肩ごしにこっそり視線を投げかけることを望んだだけで、そのベールをはがしてはならないのだ。それこそ、アインシュタインが甘受できなかったことだ。アインシュタインも、シュレーディンガーも、ド・ブロイも、物の隠されている根原にいつか客観的な描像をあたえるために長い年月を費やしておこなってきた探求の存在理由という、非合理的にして壮大な希望をすてさるわけにはいかない。あなたのせいで、その希望が消えさり、ものには根原がないのだから理念としても存在しえず、原理が、物とわたしたちとのあいだに乗り越えがたい限界、その向こうには言語に絶した無がひろがっている地峡を設定することを認めるわけにはいかない。

それは敬服すべき闘い、必要な闘いであり、あなたの死から長い時間を経過しても、後世はあなたがまちがっていなかったことを証明しつづけたとはいえ、若者の気軽さと無邪気な傲慢さでもって、あなたが当初からそれを敗北する闘いとみなしたのを、わたしはしばしば批難したい気持に駆られる——けれど、批難できない、そして、あなたのことを気軽だとおもったことを後悔する、あなたは気軽でもなければ、無邪気でもない、世界のすべての現実が人間の言葉という親しみやすい概念でとらえられる日がくると信じるほど、あなたは無邪気ではなかった。詩人がしているように、言うべきではないが無言に付すことはできないものを表現するという、無慈悲な必然性に直面しなければならないことを、あなたは知っていた。じつのところ、ずっと前から知っていた。ゲッティンゲンで、一九二二年のすばらしい午後、透明な春の空の下、はじめてニールス・ボーアとならんであるき、あなたの未熟な若さにもおかまいなく、まるでこの出会いよりはるか前から、なにかが親密にあなたとむすびつけていたかのように、ボーアが自分の考えを打明けるのに胸をおどらせながら耳を傾ける以前から、あなたは知っていた。あなたはボーアに従ってあるき、情熱をこめて聞き入り、街の高みにいたり、さらに登っていったのは、あなたがずっと以前からその存在を予感していた場所、すでに場所でさえなく、それに言及するには、ニールス・ボーアのように、不安げな厳密さで、熱っぽく、ほとんど病的に、隠喩の渦のなかに、部分的で、不正確な描像をくわえながら、矛盾を怖れずに語らざるをえない場所。ここでは、深い真実の逆は、他の深い真実なのだとボーアがのべる所以だ。ボーアはつづけて言う。いかなるものも、同時に明快であり、正確であることはできない――そして、わたしは、あなたのテクストの見かけだけの明快さに惑わされたことに気づく。正当性と有効性をせまい範囲にしぼるために、あなたがしめした単純な例をあっさり真に受けてしまった。あなたが肯定したのは、飛躍し、退却し、視点を唐突にくつがえす絶えまない運動において、どうしても異をとなえることができなかったものだけであり、言葉をあらゆる方向にねじりまわす渦巻のなかで、あなたに従っていくとくたくたにさせられる。不可能な課題――言葉にならないが、言葉にしなければならないことを言いあらわす――を自分が追求していることをあなたが知っているだけに、その真剣さには敬虔な同情心を禁じえない。長いことわたしは、あなたのことを慢性的な優柔不断ではないかと疑っていた。あなたは、ひどく無節操に、原理に名をあたえたり、その名を放棄したりし、その混乱にさらにくわえて、「不確定性」と「不決定性」のどちらにしようかと迷っていた。そのドイツ語の用語はもちろん翻訳不可能だが、それが意味するものは、鮮明さの不在、つまり、できの悪い写真のように細部がぼやけていて、ピントが合っていなかったせいなのか、あるかないかわからないような輪郭の一瞬のゆらぎを捉えようとしたためなのか、わからないのだ——けれど、ここでもわたしは間違っていた。人間は自分たちの過ちのせいで、ずっと以前から物の真の名称を、その表面から読みとる特権を失っていて、その名称は隠されているので、あなたはおそらくひとつだけ選ぶことができなかったのだろう。

あなたは、互いに矛盾し合うあいつぐ名称のふしぎな交わりが、不協和音のなかで、ともに真実になるように、そのすべてを必要としていたのかもしれない。

まったくもって、理解がむずかしい、とくにわたしのように、コールドウェイヴを聴く以外はなにもせず、世話をやきすぎる母親をできるかぎり買い物にいかせて、女ともだちとふたりきりになることばかり考えていた者には。そして、一九八九年夏、父の家で、その女性の思い出がわたしの勉強をさまたげ、さらにあなたから遠ざけた。というのも、彼女がわたしのほうに向かってくるのが目にうかんできて、その裸体は触れることができず、狭い部屋なのに、まるでずっと遠くからくるようで、わたしは彼女が進んでくるのを見ているのだが、そのあゆみは延々とつづき、おかげで、彼女の位置ははっきりせず、わたしはもう彼女の腕のなかにからだをうずめているのに、あいかわらず彼女を見つめつづけている、彼女はまるでわたしがいないかのように、こちらには向かわず、夏の夜の星空の下、未知の川の爽やかな水を浴びるために降りていく。わたしのほうは、床に敷かれた少年時代のマットレスの上で見つめているのではなく、そよ風に波うつ香《かぐわ》しい重い枝の陰で、胸をどきどきさせながらその姿を見守っていて、わたしが彼女の胸にうずくまっているときも、彼女はなおずっとあるきつづけている。肉体そのものが透明になり、生気の存在が肉体より触知可能でたしかなものになるその瞬間を、わたしは忘れることがないだろう。抽象的な熱に燃えるあなたよりも、わたしはシュレーディンガーのほうをはるかに身近に感じてもよかったはずだ。シュレーディンガーは女性を愛し、その飽くことのない愛を基礎として世界観を構築した。実験を何度もくりかしたため、肉体もまた振動する波動ではないかと予感したからだ。

けれどあなたは、あなたの不幸な愛、可能と現実とのはざまを満たす霧にとりつかれたままだった亡霊のような愛でもって、なにを知りえたのか。

あなたはベルリンのアーデルハイト・フォン・ヴァイツゼッカーの淡い跡を追い、彼女はベルリンの街を影のように通りぬけていき、この若い女が照らしていたものが、ふたたび輝きを失い灰色になってしまったので、彼女が姿を消し、去っていったことを知る。あなたの情熱の敬虔な一徹さ、あなたを疲弊させ、孤立させている抽象的な昂奮は、彼女をおじけづかせた、彼女とその家族、あなたの友カール・フリードリヒさえも。あなたは多くを求めすぎ、あなたの要求は過剰で、愛を告白するたびに、パッペンハイムの夜のごとく世界をすっかり変え、中心的秩序の見えない美へとむかう新しい道をきりひらくようなエピファニーにしたいとおもっていたが、しかし誰もあなたを理解しない。

運命は自分に幸福を拒否していると、あなたは母親に書いている。

すべてがあなたから去っていく。

のこされたのは、触れることのできないものの哀しい歓び、ほのかな手の感触の思い出、はたせなかった旅の約束、遠くでかすかに聞こえる衣擦れの音、萎れた花の香、アーデルハイトの存在がかがやかせてくれなくなった街という街のすべての通り。抽象性というあなたの情熱はふくらみつづけ、すべてをつつみこむ。あなたが発した解体の宣言は、あなた自身の生活におそいかかる。退役したエルンスト・ユンガー中尉は、原子は完全に解体され、ただのかたちしかのこっていないと書いていた、それと同じように、愛した女はあなたから去っていき、逃げだしたのではなく、あなたの目の前でどんどん透明になって姿を消し、いまや、あなたから遠く離れたところいて、そのしあわせな夢にあなたの姿はあとかたもなくなり、あなたにのこされたのは、ぼんやりした半透明の輪郭、そして、彼女が自分でも知らずにあなたにうえつけた、若い女のイメージ、誰も抱きしめることができず、茫漠とした孤独のなかにいる自分に哀しげにほほえみかけている姿だ。

遠くから聞こえる本質的なものの音楽について、あなたは母親に語っていた、自分の人生は、ごつごつした荒地のなかに刻まれた埃まみれの路のようで、研究活動がなかったら、自分のとてつもない孤独は極限にいたるだろう、と歎いていた。けれど、そうはならなかった。膨大な論争にあなたは参加しなければならず、そのおかげで憂鬱から救われ、同時に、公的生活において嫌悪感をおこさせることから、愚行の力が理性の力をはるかに凌ぐとは考えられなかったので、真面目に相手にしていなかったことすべてから、あなたは逃れることができた。あなたが世間知らずだったのは、科学の世界では、もっとも激しい闘いでも論拠以外の武器はゆるされず、なおかつ敬意と友情の表明をともなっているが、こうした貴族的な規則に、政治の世界も結局のところしたがうはずだと、夢みていたからではあるまいか。主義主張は暴力や虚言によって擁護することはできず、だから、中傷は自分自身の弱さの告白にすぎない、と考えていて、たしかにそのとおりだ――しかし、あなたは、弱さと、屈辱と、恨みと、低劣な恐怖とがどれほどの権力をもちうるかを知らずにいた。あなたが呼吸していた空気を、なにか巧妙で腐ったものが汚染していたが、そのにおいに、あなたは気づかなかった。あなたは、本質的なところで考えを同じくする、あらゆる国籍の人たちと親しく意見をかわし、国から国へ、大学から大学へとわたりあるき、イタリア、イギリス、アメリカに行き、自分が生きている広大な現代のアテナイが国境を消してしまったかのように、日本では、どこかの建物の露台に立つ角柱のうえに軽々と飛びのり、同行したポール・ディラックはあなたがいまにも転落するのではないかと、はらはらしながら見ていたが、あなたは、ズボンのポケットに無頓着に両手をつっこみ、ぐらつきもせずに立ち、明るい大空を前にして愉快げに平然としていた。

その路は、くすんでいないし、灰色でもない。いまのところ失望の色などまったくない。それはストックホルムにいたる路、あなたはディラックとシュレーディンガーに同行し、彼らは一九三三年のノーベル物理学賞をわかち合う。あなたはその前年一九三二年の受賞者だったのだが、授与が一年遅れになったのだ。一年遅すぎた。スウェーデン科学アカデミーがおごそかに祝辞をのべはじめたとき、礼服に白のネクタイをつけたあなたの頭をかすめたのは、なんだったのか。

「国王陛下、ならびにご列席のみなさま……」

あなたの愛を拒否した娘の姿がゆっくりぼやけていき、その亡霊があなたの傍に哀しげによりそっているとき、あなたが輝かしい成功をとげた皮肉についてだったのか。数ヶ月前、あなたの窓の下を、列をなし、勝利のトーチをふりあげながら通っていったナチス突撃隊のことだったのか。こんなことが現実になったのに、現実になるべきものが、可能性の無限の冥府にとじこめられているのは、奇怪なことではないか。葉の茂みを通る風ではなく、夜の霧でもなく、それは死の愛に酔った魔王、父親は子どもを抱きしめるが、その屍は、腕のなかの子どもの思い出ほどの重さしかない。ナチス突撃隊の勝利は、アーデルハイトの不在ほどの重みはなく、あなたは彼らを憎むことができず、これらの威勢のいい若者たちがその後長きにわたって欺瞞者に利用されつづけるとは思えず、酔いはさめるものと思っている。けれど、あなたはそうした陶酔について何も知らず、群集のとてつもない歓喜についてなんも知らず、ドイツにおいてなにかがおころうとしていることも知らない。そしてそれが終焉にいたるのは、あの一九八九年十一月、わたしがテレビの前で母のそばにすわって、信じられないおもいで見つめた、あなたにはかなわなかった願い、ベルリンの壁の崩壊なのだ。わたしは永遠に存在するかのようにおもっていたが、それはわたしがこれまで見とどけた唯一の世界の終焉だった。不可能がとほうもない単純さでもって現実になった。あなたの生まれ故郷では、パウリの悪夢から逃れたように見える司祭や聖人の無表情な石の目の下で、東の人びとはマイン河の古い橋をわたって、凍てつく夜、司教館の前に車をとめる。ラジオでは市長が、好奇心からおちいりかねない危険から彼らを守るように訴え、自由を再発見した人びとに食料や暖かい飲み物をあたえ、泊まる場所を提供するように呼びかけ、ヴュルツブルクの住人たちは、あまりにも長いこと会わなかったので、知らない人間になってしまった人たちに会いにでかける。意図せずして、おそらく彼らを傷つけてしまったことだろう。四十年の離別を経ると、善意にもどこか瑣末なものがつきまとう。人びとは彼らの妙な服装や、おんぼろの車をじろじろながめ、会いたくてたまらなかった兄弟ではなく、恥ずべき病から回復しつつある患者を、同じ病にかかったが、さいわいにしてずっと前に全快した者として、しったかぶりの過剰な同情心でもって迎えいれる――つまり、彼らの生活ぜんたいが長い病気でしかなかったことになる。

「ハイゼンベルク教授、あなたはそれをなしえました、非常に若くして……」

あなたが知りえないことはたくさんあり、わたしが理解できないことはたくさんあるが、もしもその病が存在し、世代をこえて蔓延していたのなら、その最初の襲来があなたの歓びをそこない、治療法のない悲しみの苦いあじわいをもたらすのを、あなたはどことなく感じとっていたはずであり、そして、もういっぽうでは、アーデルハイトの影はうすれていき、スウェーデン王立アカデミー会長が量子力学の創始者としてあなたをたたえ、あなたの同僚の研究にも賛辞をおくる。

「ディラック教授
シュレーディンガー教授」

あなたはふたたび独り、わたしには近づけず、じつのところ、だれも近づけないところにいて、賞を授与するスウェーデン国王の前で礼をするところだ。そして日本にいたときのあなたは、ディラックの傍で、露台の角柱のうえに立ち、虚空のなかで、均衡をくずさずに立っていた。あなたは、ディラックの心配そうな顔に気づかない、ディラックを見ていないから。あなたは誰も見ていなかった、何も見ていなかった。あなたは何気なくポケットに両手をつっこみ、色彩のない空を前にして、無用にして感動を禁じえないほどの若さを保ったまま、可能と現実のはざまに立っていた。

速度

一九三七年一月のある朝、ライプツィヒの街路の一角で、あなたは、世界ぜんたいが消えていくのを見ている。あなたは通行人にむかって募金をもとめている。募金してくれた人たちに、ザクセンの紋章がついたバッジを渡し、彼らは外套の襟もとにバッジをつけると、寒気のなかを去っていく。自分がなぜそんな行動をしているのか、もうおもいだせないが、世界が、世界ぜんたいが消えていくのだから、それはどうでもよいことだ。あなたは自分のまわりをみまわし、なにが変わったのか理解しようとする。家具をさわったり、凍りついた石を指で感じとったりするが、自分の感覚を信じることができない。

すべてが真実味を失っている。

通行人も、ライプツィヒの街頭も、そしてあなた自身も、ドイツ国民の不滅の連帯を高揚させるためのグロテスクな演劇の登場人物にすぎず、すべての成員は、たとえ偉大なノーベル賞受賞者であっても、執拗に推奨されれば、自分の貴重な時間をいつでも自発的に割いて、貧しい人びとを助ける行動をおこし、同胞たちの確かな度量に訴えかけ、そして、同胞たちは、厳寒の冬だというのに、ふいに心を熱くして献金に応じるのだ。

それがうわべだけなのはどうでもよく、細部にわたる演出もどうでもよい、奉仕の精神と自発的な寛大さが義務化されることで、意味が抜き去られて虚構に変質し、その臭気は寒気にもましてあなたを苦しませる。真実と虚偽はいまや勅令の次元のものとなり、だれも自分で判断することはゆるされないからだ。

あなたの絶望などとるにたらない。

あなたはライプツィヒの街角に立っていて、じっとしているのだが、それなのに、ほとんど無でほとんど無限の名状しがたい速度で、あなたをひきずりこんでいく運動は、いま、目の前で世界ぜんたいが消えていく時にはじまり、永久にはこびさられるような不安をかきたてる運動なのだ。あなたが建物の凍りついた石をとおして見ているのは、通行人の姿をとおして見ているのは、隠されているものではなく、彼らのほんとうの姿、舞台装置のように、薄い燐光のなかでぐらつく廃墟、無用な高い壁の陰によこたわる埃まみれの瓦礫の山。周囲には、白熱する石、瓦解した床、溶けた銀製品、折れた骨のようにひしゃげた梁がめちゃめちゃに入り混じり、その廃墟のあいだでひしめく屍が冬の朝に歩をすすめているが、それは、ただ、自分たちがまだ生きているものと思っていて、もうずっと前に死んで、世界ぜんたいと同じように救いがたい罰と非現実性にゆだねられているのを誰も教えてくれないからで、すでに屍でさえなく、責め苦という施しにも値しない幻影にすぎない。あなたは死ぬほど悲しいおもいをするはずなのに、それを感じることもできず、破綻をただ眺めていて、あなたは肉のそげおちた視線でしかなくなり、自分が誰であるのかも、かつて、自分が誰かだったことすら思いだせない。

わたしに手助けをさせてほしい。

あなたの名は、ヴェルナー・カール・ハイゼンベルク。

あなたは三十五歳、特記すべきこととして、あなたは物理学者。

今晩、あなたは友人宅でベートーヴェンのピアノ三重奏を演奏することになっている。途方にくれていても、必死で生活をおもしろおかしくしようとしている同輩たちが、あなたに向ける鏡は、孤独より堪えがたく、できれば行きたくない。

忠誠心と、疲労困憊と、礼儀から、それでもあなたはでかけていく。

そこで出会うのが、エリザベート・シューマッハー嬢で、演奏するあなたに向けられるその瞳はベートーヴェンの音楽とともに、政令によっても、現実が完全に消え去るわけでなく、虚偽と現実の区別も、人間が攻撃しえないどこかにまだのこされていることを、おもいおこさせる。あなたにそそがれるその瞳ほど、現実のものに見えるものはなく、あなたの手が鍵盤のうえでふたたび生気をとりもどし、視線を交わさずとも、あなたの心は失ったはずの信頼感をとりもどす。あなたは亡霊との接触に疲れきっていた。もう彼らが行きたいところに行かせておけばいい。

あなたはようやく思いだす、名はヴェルナー・ハイゼンベルク、三十五歳、そして、その夜、あなたの妻となるひとに出会うのだ。けれど、いまのところ、あなたはライプツィヒの街角に立っていて、あなたの目の前で世界ぜんたいが消えつつある。哀しいかな、あなたがもう二度と見ることのない世界。

あなたを引きずりこんだ運動がライプツィヒで最初の推進力をえたのは、たぶん一九三七年ではない、その想像を絶する速度も当初目立つものではなかったので、あなたにはおそらく認識できなかったのだろうが、それよりはるか以前の一九二二年、まったく同じ場所においてだ——位置にかんしては、完璧な正確さでもって、断定できるので。ゾンマーフェルトの薦めで、旅費も彼が負担してくれて、まだ会ったことのないアインシュタインの講演に参加することになったが、予約したのは、あなたのふところ具合でも泊まれる薄汚いホテルだった。ヴォルフガング・パウリから説明をうけただけの一般相対性理論の謎を、その創始者自身が語ってくれ、しかもゾンマーフェルトの紹介とあれば、自分が質問したいと思っている数々の点について、詳細にいたるまで直接答えてもらえるかもしれないのだから、あなたがどれほどわくわくしていたかは、想像できる。そうした幸福感には、極度の脆さがつきまとうもので、講演会場入り口でひとりの学生があなたの手に握らせたビラを読んで、ふたつの不快な事実を知ったとき、あなたがどれほどの失望に悩まされたかも、想像できる。ひとつは、科学は、政治やイデオロギーの汚染から永久にまもられている聖域ではないこと、もうひとつは、やりきれない気持にさせられるが、前者ほど悲劇的ではなく、ノーベル賞受賞は知的退廃をふせぐ持続的な保障にはなりえないことだ。ビラを書いたのは、一九〇五年にノーベル賞を受賞したフィリップ・レーナルトで、そこには、アインシュタインにたいするあからさまな罵詈雑言がぶちまけられていた。相対性理論は典型的なユダヤ物理学のおぞましい本質を表現していて、いたるところで、良識に対するユダヤ人特有の敵意をむきだしにし、くわえて、根拠のない理論的推測や、不毛なパラドクスや、アーリア人の素朴な純真を迷わせるような謎めいた数式の使用を好んでいる。こうした駄弁や馬鹿げた論理が名声をえているのは、国際ユダヤ人組織の尽力によるもので、彼らはその利点をもっともらしく吹聴し、かくして、その有無をいわせぬ無限の権力と、真理と現実への軽視をひけらかす。だから、ビラの執筆者は、真理と現実を愛するがゆえに、ドイツ物理学と呼びうるものを、腐敗したユダヤ物理学の影響からまもる戦いにのりだしたという——その人物こそ、憎しみと恐怖から分別を失い、自分の執念以外の色彩のもとでものごとをうけとめることができなくなってしまっていた。その人物が満足げにとくとくと説いているのは、ばかげたものは理解不可能であり、したがって理解できないものはばかげているという、ユダヤ人ではなく、ただの無能な人たちをほっとさせる典型的な詭弁でしかない。笑いとばしたい気にさせるものでもあり、戦慄をおこさせるものでもある。あなたにとっては、そのどちらでもなかった。あなたは、科学者がそこまで品位を失い、そのことで、みずから守らなければならにものまで堕落させてしまう危険をおかすことが、ただ理解できなかった。笑いとばすにはあまりにも仰天していて、戦慄をおぼえるには世の中を知らなさすぎた。極端な非現実性に根ざしていることが明白なものが、病んだ精神の闇のなか以外のところで、そうとう大きな影響をおよぼしうることが、あなたには信じられなかったし、じつのところ、それから十五年がすぎた後も、そのとき最初の推進力を得た運動、少なくとも、長いこと地下を潜行したあげく顔をのぞかせるまでになった運動が、いたるところで効力を発揮していることが、否定しようのないものなっても、あなたはあいかわらず信じることができずにいた。はやくも一九三三年には、ユダヤ人科学者たちが、その能力がどれほどのものであれ、ドイツのため、あるいは人類のためにどれほど心血をそそいだかには関係なく、つぎつぎと大学から追放され、たちまちにして生活の手段を失い、英国へ、アイルランドへ、スイスへ、アメリカへと亡命したが、そのなかにあって、同僚たちは信じがたいほどの無関心をしめし、その大半は支援の請願に署名することを拒否した。自分の信念から拒否する人たち、かかわりたくない人たち、あるいは、もっとひどいのは、実力不足でそれまで手がとどかなかったポストが突然あくという、願ってもない幸運をよろこぶご都合主義者たち。科学の聖域とはこんなものだったのか。こんなものだったのか。あなたは辞職することをかんがえ、非現実が一九三七年ついにライプツィヒの街角に到達したように、世界ぜんたいをむしばむのを目の当たりにするくらいなら、あなたもまた、シュレーディンガーのように、自分の存在が汚辱に保障をあたえることを避けるために、国外にでるべきではないかとかんがえつづけた。わたしの耳にそんなあなたの苦悩のこだまがとどくのは、わたしが一九九五年の夏をすごす地中海沿岸の小さな街においてだ。

人はものごとを自分自身の経験から理解しようとする。自分にあるのはそれだけだからで、もちろん、きわめて不十分だったり、なにも分からなかったり、ゆがめて理解したり、本質的でないものしか理解しなかったりする、でも、それがなんだ。

そんなふうにして、理解するということがほんとうに意味するものを人は学びとるということを、あなたは知っている。

一九九五年、わたしを取り巻く世界は消失していないし、目の前で、瓦礫だらけの臓腑をはきだしてもいないし、いまにも非現実の虚空のなかに解体しようともしていない、しかし、わたしはこの世界の一員になりきれない。前年の秋、兵役から解放された。わたしは兵役を逃れることができるものと信じて、先送りにしつづけていたのだが、ついに仮借ない行政がわたしの愚かな願望をうちくだき、十ヶ月のあいだ灰色の広大な湿原にぽつねんと横たわる機甲部隊の野営地にとじこめられ、雑役や、無味乾燥な事務仕事のあいまに、あなたの著述を読み、衝撃をうけていた。わたしには仕事がなく、行くあてがなかった。言われるままに、父の仕事を手伝うことになったが、そこで接するのは、バカンスで出会っただけの人たちで、彼らのもったいぶった、耳にたこができそうな同情は、わたしと距離をおくためのものにしかみえない。悲しくはなかったし、その人たちが「きみのかわいそうなお母さん」としか呼ばなくなった女を、どれほど気の毒におもっているかをくどくどと言うのをただ聞いていたが、母がまだ会える状態のとき、会いに行こうとした者はひとりもいなかった。過ぎ去ったわたしの生活にかんすることは、どうでもよい。あなたの著作以外なにも手もとにのこっていない。もう読んではいなかったが、どこに行くにも持っていき、その夏、いとこと共有している屋根裏部屋のわたしのベッドの傍で、あなたの本は埃まみれになっている。わたしの無気力を見ているのに疲れた父が、いとこが経営するレストランの管理を手伝わせるため、そのシーズン、わたしをゆだねたのだ。ツーリズムの災いで海水浴場になってしまった、古い城砦都市の港を見おろすレストランだ。毎晩、閉店になると、いとこは過分の金額を渡してくれたが、施しをうけていることにわたしが引け目を感じないよう、ご丁寧にあらかじめ「給料」という名目がついていて、みえすいていることは認めるしかないにしても、じつのところ恥ともなんともおもっていなかった――手伝いといっても、わたしは毎晩レジのそばの大きな皮張りのクラブチェアに体をしずめ、手のとどくところにあるものを片っぱしから飲みながら、近々書く気でいる小説のことを妄想していた。主人公は、その速度と位置とが正確に決定できないような人物で、ときには、自分の体がこの街に似た街の路地いっぱいに広がっていき、路地の表面をおおいつくすような感じがして、他の人たちの視線をうけてようやく、ある一点に物質化するまでになるのだが、その人物が心の病に苦しんでいるのか、想像をこえた現実の実験をしているのかは解明されえない。けれど、わたしはなにも書かず、日中は居眠りをしてすごし、夜になると、街のキャバレーや酒場をわたりあるくいとこの跡を想像のなかで追いかけ、ひらめきが現われるのを待ちつづけるが、いつまでたってもなにも現れない。じつのところ、わたしが追っていたのは、一九三三年のベルリン、あなたがマックス・プランクの家をでてからたどった跡で、プランクの思慮ぶかさがあなたを苦悩から解放してくれるか、少なくとも、落ち着かせてくれるはずだった――苦悩はきわめて深く、そのこだまはいまなおわたしのところまでとどいている。

しかし、プランクはあなたを解放しなかった。彼はもう希望をもっていない。ヒトラーは狂ったような病的な憎しみにとりつかれ、現実から完全に切り離されていた。破局は避けがたく、なにものもそれを止めることはできない、どんな犠牲を払っても。あなたのようにユダヤ人ではなく、この政治体制を支持していない人たちは、深刻な二者択一を迫られていた。亡命するか、ドイツにとどまるか。世界のどこの大学も、もちろんのこと、あなたを受け入れる用意があり、亡命のさまたげになるものはなかった。けれど、あなたは制約されていないのだからこそ、ドイツにとどまって、プランクが「不変の島」と呼ぶものをつくれば、破局の後に、そこから出発して、すでに破壊されはじめ、今後さらに破壊されることになるものを再建できる、プランクはそう示唆したのだった。よい選択などどこにもないことを、彼は知っていた。

国外に出ることは、フィリップ・レナート、ヨハネス・シュタルクや正気を失った学者たちのように、科学に人種の刻印がおされていると考える人たちが大学を占拠して、彼らの妄想をいきわたらせるのに加担することを意味する。

ドイツにとどまることは、避けがたい妥協に屈することにほかならず、プランク自身、その一年後、落成式でナチス式敬礼をせざるをえず、屈辱にふるえる老いた手を上にあげようとしても、手は鋼鉄のように重く、三度もやりなおした。

あなたはいま独りでベルリンの街路をあるいていく、そしてなお何年か迷うことになるとしても、おそらく自分で気づかないままに、決心をかためたところだったのだろう。妥協は避けがたく、あなたを招く声がひっきりなしにいたるところから聞こえていて、その懇願がやがて疑惑にかわっていくのだが、それでも、あなたは「不変の島」をつくることを望んでいるので、ドイツを去らない——けれど、あなたをひきずりこみ、あなたを無益に奮闘させている運動は混乱にみちていて、不変という語そのものがすっかり意味を失っているとき、その島はどうして存続しうるだろう。マックス・プランクよりはるかに悲観的な視点をもってしても予測できなかったほど激烈な暴力のなかで、どうして存続できるだろう。マックス・プランク自身、末息子エルヴィンがヒトラー暗殺計画に失敗して一九四五年絞首刑に処されることを知っていたとすれば、あなたに同じアドバイスをしただろうか。プランクは絶望にかられて、つねに忠実に信じていた神が、そのみかえりに、自分の子どもたちを自分自身で埋葬する特権をめぐんでくれたことに怒りをぶつける思いにさえなった。プランクの悲観主義の幼さ、あなたの自身の苦悩の幼さに対して、わたしがただひとつ優位を誇れることは、まったくの偶然にすぎないが、それはわたしの生年月日だ。かりにあなたが、ほんの一瞬でも、このわずかな優位性の恩恵にあずかることができたとすれば、同じ決心をしなかったかもしれない。けれど、あなたを標的にした攻撃が、ますます鮮明になり、ますます強迫的なものになっても、その決意をゆるがすものはなにもなかのだから、それも確かとはいえない。

あなたは裏切り者、ボーアやアインシュタインの一派、ユダヤ人の同盟者、あなた自身、本質はユダヤ人、血管にはまぎれもないアーリア人の血が流れているのに、その血が腐りきっているので、よけいに悪質でよこしまだ。ヨハネス・シュタルクはナチス親衛隊の新聞のコラムで、「アインシュタイン精神」をもつ、「白いユダヤ人」のあなたを、その悪影響から若者をまもる初歩的な予防措置として、抹殺してしまうか、できるだけ早く強制収容所に送ってしまうべきだと主張した――そんなふうにあなたを罵倒しているつもりの人たちは、「ユダヤ」という語に、その人種的な意味を逸脱して、自分たちがついていけないすべての概念、自分たちが理解できないゆえに怖れをいだくすべてを、同じ形而上学的な概念にひっくるめていることを、心ならずも認めてしまっていた。

それでも、あなたは国外に出ない。

ヒムラーの母親は、自分の夫があなたの祖父とミュンヘンの同じ高校で教師をしていた時代の思い出のあかしとして、あなたの母親を迎え入れることをいとわず、息子ハインリヒ・ヒムラーはとても心やさしく、おもいやりがあるので、職務上はたさなければならない義務に苦しめられながらも、あなたの母親の誕生日にはかならず花を贈りとどけ、あなたが受けた不当な扱いをつぐなうでしょうと語る。問題はたんに形式上のものではないかもしれないという不安がこめられた声で、あの子が道を踏みはずすことはないでしょう。ヒムラーは、取調べのためにあなたを何度もゲシュタポ（秘密国家警察）本部に出頭させ、あなたは足をふみいれるたびに、気持を落ち着かせ、いたるところで壁に貼られた、ふかく呼吸せよ、という指示に注意ぶかくしたがうのだが、尋問する男たちに、格好の餌食にされるような犠牲者の視線をつい見せてしまうのではないかという不安がつきまとう。恐怖と懇願にみちた視線、あるいは、嫌悪や挑戦や断念をただよわせる視線、そうした犠牲者の視線は、その世紀の視線であるがゆえに、なにを表現しようとしても、顔をだす。けれど、あなたは釈放され、ふるえながらも安堵して、プリンツ・アルブレヒト街に出る。数ヶ月して、ヒムラーは、あなたの死は望ましくない旨、ラインハルト・ハイドリヒに書簡を送る。あなたは役に立ちうる。ユダヤ人の名をけっして持ち出さないという条件のもとで、物理学を教える権利をえた。

あなたはそこまでして「不変の島」をつくりたかったのだろうか。そこから逃げだしたシュレーディンガーを非難するほどに、あなたは崇高な必要性にしたがっているつもりだったのか。あなたの執着心をひそかにささえていたのは、むしろ自尊心、あるいは、無分別な度をこした慢心だったのではないか。いやそうではなく、なにか不可思議な感情にしたがったのかもしれない。わたしには感じとることはできないが、そうしたものを目の当たりにしたことをおぼえている。わたしのいとこは、ときおり、うちのめされそうな巨大な重圧に屈して、逃げださずにはいられないようだった。もしかしたら、酷暑、夏の騒乱、もしかしたら、頭痛や、不快な夜の思い出、わたしには分からない何かもっと陰鬱な思い出。彼はそんなときわたしを山に連れてき、登山の小路がはしる昔の移動牧畜村の小屋のテラスでコーヒーを飲んだものだった。わたしたちは高い松の陰に生えるシダの涼みのなかで、ひとときを過ごした。いとこは不機嫌なままだった。口をきこうともしなかった。街にもどろうとふたたび車をはしらせ、カーブにさしかかったとき、とつぜん、なんの前ぶれもなく、海があらわれた。わたしたちは、山頂から森のなかを曲折しながら千メートル先の湾までくだっている路の高みにいて、まるで透明な空中に浮いているみたいに、その風景を眼下にしていた。いとこは、子どものころから知っていながら、毎回はじめて発見するようにおもえるこのパノラマに、目をみはった。信じられないというように、顔をくしゃくしゃにして、こぶしでわたしのひざをポンポンとたたき、「すごい、こんちきしょう!」瞬時に生の味わいをとりもどさせてくれた衝撃的な感情を、それ以上はっきりとした言葉にすることができなかった。そのなかに、どこかの人間に対してではなく、広大な不動の世界の小さな一角に対する不思議な愛のかたちを容易にみとめることができ、わたし自身には感じとることができなくても、その比類なき力強さをうけとめることはできた。もちろんあなたは、いとこほど粗野ではなかったし、はるかに一筋縄ではいかないものに恒常的に直面していただろうが、あなたをとりこにしていた愛は、いとこのものと似ていたのではあるまいか。慢心や威嚇や夢より強力な究極の愛。マックス・プランクが何を言おうと、あなたにとって、結局、ほかの選択肢はありえなかった。その愛ゆえに、ドイツに戻らせないように最後まであなたを引きとめようとした友人たちを背にして、ほとんど空っぽの船でアメリカを発ち、いまや不可避となった戦争へと戻っていった。けれど、いまはまだ、あなたはウルフェルトの自宅にいる、たぶん一九三八年。

あなたは、これからも厳しい選択をせまられるだろうと思っていて、かつてなかったほどの躊躇に悩まされている。

けれど顔をあげると、眼前にヴァルヒェン湖がよこたわっていて、霧につつまれていたか、陽射しをいっぱいにあびていたかはともかく、あなたもまた、信じられないというように顔をくしゃくしゃにして、あなたを浸す愛をうけとめ、そして、妻エリザベートの方を向き、力をこめて彼女の手を両手でつつみこみ、ずっと以前から知っていたはずのことを口にする。

なんという美しさ！　どうしても、わたしは出ていくことができない。

　自室の鏡の前に立ち、エルンスト・ユンガー大尉は、若い日の自分が醜くやきなおされただけのドイツ国防軍士官を、醒めた観察眼でみつめる。すべてが馴じみぶかく、すべてがみょうに異質にみえる。月日はどんなに速く過ぎても、消え去ることはない。そこにとどまりつづけ、かつて誇り高く着ていた軍服の威厳を、本物でない不快な色あいに染め、まるで、もう演じる年齢でもなく、演じたいとも思わない芝居の配役のために仕立てなおしてきたみたいだ。かつて勝利したのでよく知っている芝居の筋書きが、すでに自分にはふさわしくないものになり、同じ制服が、自分の肩でただ滑稽な仮装になってしまっている。あなたは、思いなやむより、軍事訓練を戸外での鍛錬とみなそうとしていた。アルプス猟歩兵隊員として召集されるものと覚悟していたが、宣戦が布告されるや、あなたは、カール・フリードリヒ・ヴァイツゼッカーとともに、ベルリンの行政機関に呼びだされ、まもなく、喜劇の兵士の軍服を身につけて戦死するよりも、はるかに大きな危険をおかさなければならないことを知る。

その前年オットー・ハーンが重い原子核の研究にかんしておこなった発見を実用化する可能性をさぐれという要請だ。ウラン原子に中性子をぶつけると、物質のなかに不可解な変化がおこり、なぞめいた元素が出てきて、大胆な推測もなされたが、それが何であるのかはっきり同定できず、オットー・ハーンは、謎などどこにもない凡庸なバリウムの存在をみとめただけで、とりたてて言うほどのことではないとする。この奇異な存在の唯一の説明として、中性子によりウランは核分裂をおこして、より軽いふたつの原子に変わり、そのひとつがバリウムで、そのときに塵の粒を動かすほどのエネルギーを放出する。この核分裂が、こんどは、十分な数でもって、多数の核を崩壊させるだけの中性子を生みだすとすれば、これを連鎖反応の引き金として、エネルギー生産や、または想像を絶する強力な爆弾製造につかうことができるだろう。戦争はまだいたるところに秘密の防壁をはりめぐらすまでにいたっていなかったので、興奮のきわみにあったニールス・ボーアをつうじて、情報はヨーロッパからアメリカまで伝播する。世界中の黒板が熱気あふれる数式で覆われ、人びとは、数式を書き消し修正し、ひっきりなしに手直しししながら、ますます気持をたかぶらせていたが、それは魔法使いや錬金術師が夢みた変幻を、望まずして、ついに実現したからではなく、絶大で恐るべき予想をかいまみていたからだ。ニールス・ボーアがなおその予想は理論的に不可能だと証明しようとする。つまり、身を守ることも、死をのがれることも、神の怒りを避けることもできない、驚異的破壊力をもつ爆弾の製造。けれど、ニールス・ボーアは、自然の法則に足げにされ、まもなく自分の希望を断念せざるをえなくなる。爆弾製造過程にたちはだかるはずの重大な理論的障害は崩れ、個々の技術的問題に細分化されていき、ドイツの軍事技術開発機関は、任務遂行のために、必要ならばユダヤ物理学を利用してでも、どのようにして、どのくらいの時間をかければ、これらの問題が解決できるかをみさだめる任務をあなたに課す。

カール・フリードリヒは、信じられないほど幼稚な策略のもとで、原子エネルギーを手中にすれば、科学者はヒトラーに対する権限を得て、ものごとをよい方向にもっていくことができると確信していたが、あなたも同じように考えていたのだろうか。それともあなたは、自分の地位を利用して、ドイツの科学を守り、将来もっとも有望視される、とくに若い科学者たちを、なくてはならない存在として戦線から遠ざけようとしていただけなのか。あなたは研究を遅らせたり、阻害したりするために研究の指揮をひき受けたのか、それとも、想像を絶する速さで運ばれていったので、もうずっと前にどんな拒否の可能性もおきざりにしてしまっていたのか。さもなければ、あなたはほんの一瞬でも、わたしはそう信じることを拒否するが、不当にも剝奪された自国の栄光をとりもどしたいという、邪悪な情熱に屈してしまい、自分が奉仕することになる支配者の本質にはおかまいなく、その輝かしい勝利に加わりたいと心からおもったのか。

解きあかすことはできない。

すべての史的出来事は必然的に一貫している。どれほど多面的で、どれほど両立しがたい動機に駆られたとしても、あなたはまったく同じ行動にみちびかれただろうし、その一貫したすべての出来事において、無責任な顔や諦めの顔をみせたり、廉潔な顔やおもねりの顔や卑劣な顔をのぞかせたりするが、そのどれが真実なのかは、誰にも分からない、ともかくも、わたしには。この一九九五年の夏の暑気を、周囲の人びとの恐れや悲しみや落胆がますます剝き出しになっているのに、なにも感じとれないわたしのような人間には。毎晩、わたしたちが屋根裏部屋に戻ると、その不潔さは目にあまるほどになっていて、同伴してくれた娘たちは恐怖の叫び声をあげ、逃げ出すかまえをみせて、ときにはどんな甘言をも振りきってしまい、いとこはわたしに、来いと合図するまで道端で待っていてくれと告げて、ひとりで暗い階井《かいせい》のなかに入っていき、わたしは理由もきかずに言われるがままにし、はあはあという彼の息づかいをいっとき耳にしている。父がやってくるたびに急速に老けこんでいくのがなぜなのかも、とくになにもかんがえたことがなく、父は判で押したように、まずわたしの顔色の悪さを危惧した後、見覚えのある男たちとひそひそといつまでも話しこんでいたのだが、地方紙の一面に載った人物はまるで別人で、彼らは、早朝、家を出たところで、あるいは、人気のない路上の車中で撲殺され、ドアを開ける余裕がなかったのか、血まみれの腕がドアのわきからはみだしている。けれどわたしは、血については、観光客たちが腕を振りあげリズムにのって踊って跳ねまわるナイトクラブのパーキングで、自分の鼻腔から出てきて、まぬけな笑顔で舌のさきで拭った血の味をのぞけば、なにも知らない。書きたかった小説はどんどん頭から消えていく。わたしは自分の堕落の幼稚な観察に没頭していて、じつのところ、それで自尊心をみたし、創造意欲を鎮めているのだが、それは、堕落の恥辱さえもが、ロシア文学がえがくものに似ているように思えるからだ。酷熱の太陽にうちひしがれた路に面して暗い口を開いている、ひんやりした教会のなかで、十字架に磔にされて血を流しているキリストの像は、わたしの目には入らない。父とその仲間たちが無意味な闇の戦いをしても、わたしの目に入らず、そんなことにおかまいなく、観光客はダンスフロアでリズムにのって、腕をあげ、跳んだり跳ねたりしている。戦争は千年も前から、終わりも、理由も、栄光もなくつづいていて、加害者も犠牲者も無気力によって判別できなくなり、同じ忘却のなかでマンネリ化した追悼式に統合されてしまっているにもかかわらず、耐え難い重みをのしかける世界の将来にはなんの影響も及ぼさないのだから、けっして終わることはない。

あなたは、エネルギーをうみだす原子炉について研究している。

あなたは、膨大な技術的労苦をはらえば、戦争の結末を決定する爆弾の製造は可能であることを知っていて、アメリカに亡命した同僚たちが、あなたと同じようにそのことを知らずにいるはずはないとおもっている。

得体のしれない動きが、どんな機器をもってしても測定不可能な猛烈なスピードで、あなたを投げこんだ場こそ、あなたが逃げたかった、嫌悪感をおこさせる場で、そこでは、隷属させられた知識は、知識があたえることを約束する権力としてのみ価値をもつ。この約束をはたすべきかどうかを決定するのは人間だと、あなたはまだ信じるふりをしているが、あなたは知っている、権力はすでに人間のものではなく、制御という人間の夢を無視し、人間のあいだをくぐりぬけ通りこして、権力を欲しようが怖れようが、すべての人間を支配下においていることを。オットー・ハーンは、ウランのストックをぜんぶ放棄するという無駄な提案をした後、もし自分がくわわった研究が原爆の製造にいたるのなら、自殺するしかないと言ったが、彼の決心は、なんにもならないとしても、いまなお自分で決められる唯一のものなのだから、少なくとも異論の余地のない聡明さをしめしていた。ほかのことについては、すべては遅すぎるが、それでも、あなたは認めようとせず、一九四一年九月、コペンハーゲンに駆けつけて、ニールス・ボーアと話し合い、自分の希望のすべてを伝えようとするが、話し合いは、当然ながら、無益で惨憺たるものにならざるをえない。ボーアは聞く耳をもたず、あなたがいったい何を言いたいのか理解できず、あなた自身理解していたかどうかあやしいが、ボーアの耳に入ってくるのは、仰天させられることばかりだ。あなたは許しがたいほど幼稚なのか、それとも、連合国側にウソの情報を流すために臆面もなく人を利用しようというのか、ドイツの悪業も、あなたの罪科もボーアにはかかわりがないのに、許しを請おうというのか。ボーアはあなたの父親であったことは一度もなかったし、すでに友人でさえないのに、あなたはそれのことに気づかず、あなたが知っていること、怖れていること、計画していることを、いっしょくたにして必死になってしめそうとするが、その言い分には、原子爆弾の暗い影がつきまとう。原子爆弾の製造が可能であることをあなたがすでに知っていたことは疑う余地はないが、あなたは紙きれに自分が研究している原子炉の図をかいてみせ、自分は原子爆弾ではなく、原子炉を製造しようとしているのだということをボーアに分からせようとするが、ボーアは、驚愕の目をあなたにむけ、その図は原爆そのもので、あなたは全力をあげて原爆製造にとりくんでいるものと確信する。

すべての史的出来事は一貫していて、それらすべてが不完全だ。あたかも原理が、位置と速度、エネルギーと時間にかかわるだけでなく、原子の世界のいたるところにあふれだし、その影響は人間にまでおよび、人間の思考が定かな輪郭をなくし、ぼんやりした不明確な色あいをおびるまでになったかのようだ。

けれど、この場合はそうではない。

思考は、隠蔽され、秘密にされることも、恥ずべきものだったり、忘れ去られたりすることもあり、苦悩にみち、許しがたく、理解されえず、矛盾だらけでさえありうる。けれど思考は、不明確ではない。

あの秋の悲しい夜、コペンハーゲンで現実にあったことについて、ニールス・ボーアとあなたの見解はけっして一致することがなく、発せられた言葉についても、その意味についても、言葉がかわされた場所についてさえ、両者の見解はくいちがっているが、なにかがあったことは事実で、記憶の魔術も、痛みや後悔もそれを変えることはできない。

もしかしたら、ふたりとも思いちがいをしているのかもしれない。

ふたりとも正しいことはありえない。

首尾一貫性のなかに真実をさがそうとしても無駄だ。でも、わたしはある日、南ドイツ・フランケン地方のある村の戦没者慰霊碑のすぐそばで、なじみぶかい香りを感じとったのだが、そこには、高い草むらに埋もれた碑の裏側の、ほとんど地面すれすれに、苦悩する敗者の魂にささげる祈りが、おずおずした手でひっそりと彫られていた——湿った土、蒸気、夢、靄、そういったものの形容しがたい香り、わたしの子ども時代とあなたの子ども時代とをつなぐ年齢のない香り。いかにかぼそく、たよりなげでも、そのただひとつの絆のおかげで、わたしは、戦慄を禁じえないほど荒れた屋根裏部屋から、あなたに語りかけ、そして、真実をみさだめようとしているのだが、真実はいつまでたっても捕まえられないことは承知している。

あなたはまだ知のアテナイ市民のつもりでいた。

もはやあなたの夢のなかにしか存在しないアテナイにいて、コペンハーゲンにでかけ、ニールス・ボーアのかわらぬ善意に自分の苦悩をゆだねることがまだ許されるとおもっていたのだろう、自分の研究が軍事目的に利用されるのではないかというあなたの怖れや、世界のすべての物理学者が原爆製造を断念するようにという願いを、ニールス・ボーアがまだうけとめてくれると思っていたのだろう。戦争が停止させたどころが破壊してしまった、そのアテナイで、あなたはまだヴェルナー・ハイゼンベルク、誠実で、才気あふれ、感受性ゆたかなヴェルナー・ハイゼンベルクのつもりだったが、すべての人びとの目にうつっていたその人物は、デンマークも、ヨーロッパのほとんど全域をも占領し、恐るべき罪悪に汚れた憎むべき国を代表する者であり、その呪われた国を去ることを、まことしやかな理由、あるいは理解しがたい理由で拒否し、それればかりか、その国で公的な任務についているのだから、あなたの希望はまったくばかげていて、あなたが理解されることはありえず、万が一、ニールス・ボーアがあなたに理解をしめしたとしても、世界を救うという口実のもとで、屈辱的に放逐された人びとがしかけてくる当然の罰からドイツを守ろうとしているにすぎないと判断したからだろうし、その判断が間違っているとは言いきれない。というのも、あなたの愛する人びとが、原爆で破壊しつくされた街の瓦礫の下敷きになっている光景が、毎夜あなたの頭からはなれず、自分の不安は誰の同情もうけないことをあなたが知っていたとしても、ほかのことについてはほとんど何も知らず、ニールス・ボーアとの話し合いは失敗に終わったことは承知していたが、希望と怖れから、それにたぶん必要性から、自分がどれほど人の心情を見抜くことができなくなっていたかに気づかず、あなたが妻エリベートに宛てた手紙で語ったのは、出発の前日をカール・フリードリッヒとともに楽しい雰囲気のなかで過ごしたこと、ニールスとマグレーデのボーア夫妻との最後の夜にモーツァルトのイ長調ソナタを弾いたこと——その陽気なひびきは場違いのものだったのに——、さらなる悦びとして、ホテルへの帰路、二日前の夜オーロラの美しさを満喫させてくれたのと同じように輝く星空のもとをあるいたことだった。

けれど、おそらく、失意の男が戦争中に妻に送った手紙のなかに真実を探すべきではないだろう。

たぶん、あなたは致死の毒から目をそむけるように、できはしないのに、懸命になって真実から目をそむけようとしていたのだろう。

あなたをまきこんだ運動はあなたをひどく遠いところまで引っぱっていったので、敬意と信頼でもってあなたの人生に輝きをあたえていた人たちが、いまや、あなたを敵とみなし、何をもってしても修復は不可能となり、それ以外のなりゆきはありえず、それを認めることはあなたの力にあまる。あなたはこれほどまでの代償をうけいれる覚悟だったのか。わたしには分からないが、そんな問いを発するのは遅すぎるし、あなたの友人たちのあなたに対する態度がどこまで正当または不当だったのかも分からないが、一九四二年春、軍需相アルベルト・シュペーアはあなたを呼びつけ、核エネルギー研究にかんするドイツの状況を報告するよう求める。あなたは取り組んでいる原子炉について話したが、シュペーアはあなたのほうを向いて訊ねる。原爆製造は可能か？

あなたは率直に答える、少なくとも理論的には可能だ、けれど製造には膨大な技術的問題があり、それを解決するには、何年もかけて、大量の人的財政的投資をおこない、集中的に対処しなければならず、それでも、成功するという保障はない。そんなしだいで、会議の結論として、このプロジェクトは採用されなかった。あなたは基礎研究のために、こっけいなほどささやかな予算を要求し、シュペーアは落胆のため息とともに要求をのむ。そして、連合国側が、原爆競争で、対抗者とみなすあなたが先んじることを怖れて、あなたを誘拐するか、暗殺する計画をもくろんでいるとき、あなたは原子炉の完成を追究しつづけ、若い研究者が兵役を免除されて、「不変の島」と称する相対的な避難所で、研究に加わることをとりつけるが、その頭上では英国空軍が爆弾の雨を降らせている。あなたは、生きること、炎につつまれたこの世界に生れてくる子どもをつくることに執着している、真実とは致死的な毒にほかならないのだから、死にたい気持にならずには直視できないほど、醜いこの世界に。

あなたは真実の毒を知っている。あなたが博士論文の指導をし、愛情をいだいていたハンス・ハインリヒ・オイラーが、そのために死に追いやられるのをみた。戦宣が布告されたとき、あなたはオイラーを自分の研究室に任命する提案をしたが、彼は真実の毒をのんでしまっていて、命が救われることをもはや望んでいない。ナチス党員のあいだで生きることも、別のところで生きることももはや望まず、同胞たちの態度、人々の腐った魂に嫌悪感をいだき、誰も殺さずにすむ偵察飛行をおこなうためドイツ国防軍空軍に入隊する。

オイラーのほうは死ぬのはどうでもよかった。

あなたはオイラーとの話し合いをこころみる、戦争は終わるだろう、世界はまだそこにあり、それは別の世界で、よりよい世界ではないにせよ、意欲のある者が生き残ることは必要で、そうすれば、これより悪くなることは避けられ、そうした任務は有用で、不可欠であり、壊滅から救い出すべきものもある。オイラーは悲しそうに首を振り、あなたがどんなに力説しても、もうあなたを信じることができず、どんな希望の言葉も耐えがたい悪臭、ウソと幻想の悪臭をはなっているように感じられて、ひどく苦しめられる。真実の毒の効果はまず苦痛としてあらわれるからで、郷愁をもって思いをはせるのは、もうけっして戻ってこない未来の夢のやさしさ、脆い香りにながいあいだ酔いしれたあと、耐えられなくなった悪臭、信じられなくなった愛の約束、けれど、数ヶ月がすぎて生命の根もとまで毒が乾いてしまうと、郷愁も、苦悩も消えて、絶望の比類なき平穏がやってくる。オイラーがギリシアからあなたに書いてきたのは、青い空、ワイン色の海、オレンジの味わいといったものだけだった。その若い顔は金髪の巻き毛の下で安らぎをとり戻していた。その表情がしめしていたのは、彼とおなじように、自分自身の死をこえた鎮静の場に達した、すべての若者たちの表情に似ていて、そこでは怖れるものはもうなにもなく、彼らは永遠と同じ現在の狭い限界のなかで生き延びていた——飛行中隊長のクルト・ヴォルフをはじめとして、死亡した第11戦闘機隊の飛行士たちや、ワシーリー・グロスマンがカルムイク草原《ステップ》で出会った戦車の若い指揮官や、エルンステル・ユンガー*や、他の多くの人たちは、後悔も非難もなく、やさしさに溢れた子どものような真剣さで、生命《いのち》を直視していた。ハンス・オイラーはたぶん、崇高ともいえる英雄なのだろうが、あなたはそうではない。オイラーの死は完璧だった。あなたのほうは、逆に、死を求めず、全力で生きようとし、無駄な危険はおかさず、ヒトラーが首つりにされたら、その綱を撃つために足でベルリンまでかけつけるつもりだと公言したエルンステル・ユンガーのような無謀な発言はしなかったにちがいない。愛する人たちのためにも、自分自身のためにも、あなたは怖れる。あなたが生きたいと思うのは、死へのいまわしい崇拝のために全力をそそぐ世界に対して、たとえ完璧なものでも、もうひとつの死をくわえるのではなく、完璧でなくても生きることを対置することでしか戦えないことを知っているからだ。そしてあなたがなお生きつづけ、生きることに執着しているとき、ハンス・オイラーの飛行機は炎につつまれてアゾフ海に突っ込み、いっぽうイタリアのカッラーラでは、ひとりの若者が『パルムの僧院』の結末がどうなるかを知らないままに銃弾に倒れ、悲しみの癒えない父親がゆりかごとしてあたえた大理石の断崖のうえで、大きくみひらいた目を空に向け、不動のまま横たわっていた。

フーベルト・シャルディンの卑怯者め、もう自論も信じられないだろう。

オットー・ハーンのきつい言葉をあびる、シャルディンは、爆弾炸裂時の唐突な圧力変化が内臓を破裂させるので、運よく爆撃直下にいた者は苦しまずに即死するという能天気な自説を、講演でとうとう述べていたとき、突然の空襲警報がひびいて、この卓越した説明を中断し、自分の予測を証明する格好の機会なのに、ただ自分にとって間違いなく大切な内臓を傷つけないため、怯える聴衆のなかにうずくまってパニックに耐え、オットー・ハーンにからかわれ、そのあいだにも、この一九四三年三月の夜、ベルリンには何トンもの爆弾がうなり声をあげて降りそそぎ、防空壕の壁をゆさぶり、あなたは地に埋められたかとおもったが、全員がなんとか無事に脱出する。それからあなたは、地中の他の墓場から何度か這いあがり歩きだすが、街は、もはや街の屍《かばね》でしかなく、通りぬける国は国の屍になりはて、巨大な火刑場が高々と吹きあげる赤炎に焼きつくされていて、ふいにあなたは燐状の液体をとびこえて全速力で走りだし、もう愛することのできない神にむかって、冷血で残忍で気まぐれな偶像にすがるように、心のなかで、爆弾が他人の子どもの頭上で炸裂するようにと懇願する、ああ、ほかの子どもたちは死んでも、わが子は生きていてほしい、そして、ようやくわが子を腕にだきしめたとき、息がとまるほどの歓びの野蛮とエゴイズムを恥じ、自分の懇願を恥じるのもつかのま、さらに、実験室と研究所が爆撃で瓦解し、重水や貴金属といった実験中の原子炉の奇怪な養分をもって逃げださなければならず、その原子炉もしまいには、人間の心臓のように、膨張し、暴走し、ギシギシとひび割れ、溶解したウランの噴出とともに爆発してしまい、少し前まであなたはヨーロッパのあちこちを渡りあるき、無表情な学者や、あなたの本心を見抜こうとする諜報員たちの前で講演していたのに、すでに、不気味にひびく単調な警報と、見えない爆撃機が同じ屍の上方を飛びかう夜のなかに追いやられ、どの街も見分けがつかないほど破壊しつくされていて、いつも同じ場所にとどまっているような錯乱した感覚におそわれるのだが、絶えまなく引きずりこまれ、終ることがけっしてないような不安に陥れる運動は、じつのところ、かたちをかえた重苦しい不動でしかない。

けれど、もうひとつの運動があり、それはもっと隠されていてもっと奥深い。大混乱の単調さに、その運動が対置するのは、かすかな広がりの持続的な静寂であり、真実とは何かを決めることを、死を崇拝する者にのみに委ねないことだけなのだ。

この運動は、ことの成り行きにはまったく影響をおよぼさず、わずかでも恐怖のつぐないにはならず、ひとつの生命《いのち》も救わないが、それが持続するかぎりは、精神の祖国の抑圧された声はまだ口を閉ざしていないし、希望が幻想になりはてたわけではなく、真実が毒に変質したわけではなく、この運動に身をゆだねて、あなたは毎夜自分のひそかな思いを紙に綴りながら過ごして、微細な島の殿堂にいざなわれ、そこには、おそらく花の一本も生えることはないだろうが、ただ沖合いには、あなたよりずっと以前に、言葉と沈黙とのあいだに、老いたスーフィー教徒の師がいて、その人物については誰も何も知らないが、彼もまた虐殺の時代に生きて、遺産としてのこすために狂気から守ったのは、隠喩の秘密への道がいざなう、脆くて貴重な生きた真実であり、暗殺者は隠喩を理解しないので、けっしてみつけることができないのだ。暗殺者が理解するのは、忌むべき行政の規範だけで、そのおかげで、ウソのつつましやかなベールで目を覆い、屠体解体処理を自分たちの手で組織しながらも、その吐き気をおこさせるような陰惨な光景は直視せずにすむ。というのも、彼らは何よりも死を好むが、死体の悪臭には耐えられず、土と火から消しさり、その惨めな存在の痕跡すら残さずに虚空のなかに蒸発する礼儀をもつことを死体に求めるからで、真実の致死の毒から自分たちのひ弱な胃袋をまもるためには、言葉と物をつなぐ絆をウソでもって断ち切り、言葉が生きた力を失い、硬化し、壊死し、それ自体が太陽に晒された腐敗した屍の山のように悪臭を発するまでにするしかないのだ。しかし、ミュンヘンでは、キリスト教徒の学生たちの一部が、恥辱の香気が悪臭に埋まってしまい、どんな拒絶をも不可能にしてしまわないためにたちあがる。恥ずべき加担を拒否すること、「詩と思想の民といわれる民族がバイブルのようにあがめる、もっとも醜いドイツ語で書かれた本」の著者である「二級兵士」によって指示されて、理性を失うことを拒否すること。そのささやかな希望の名のもとに文章を配布した学生たちのすべてが、誰ひとりも救うことができないままに、ギロチンの刃にかけられ、命でもってその行為を支払うことになる。もう一方では、あなたはベルリンやライプツィヒの夜のどこかで、それに呼応して書いていた。「だからこそ、まだ白いバラを知っている人や、銀の弦の響きを聞きわけることのできる人たちは、いま結集しなければならない。」あなたは、あなたの手帳のあちこちに生にみちた逃走線をえがき、それが、殺人者から、彼らの死んだ言葉から遠く離れたところにあなたをはこび、喧騒からあなたを解放し、つねにあなたの仕事だった仕事、詩人の仕事に戻してくれ、言葉の源泉を無限にのりこえて、言うことができないことを言い、多様で、記述しがたい不確かな現実に属するすべてを可能なかぎり正確に描写し、それが謎めいた銀の弦をかすかにひびかせるが、そのかぼそい音はわたしのところにはけっしてとどかない――そして、存在しない言葉で物語を語ることはわたしにはできないので、いま、わたしはけっして小説を書かないであろうことを知っている。

午前二時、がらんとしたレストランのテラスで、わたしは父といとこと一緒に黙ってすわっている。九月の最初の週。父が買った外国の日刊紙の一面に載っているモノクロ写真は、その地のある町の道路の真ん中に横たわっている男の遺体だ。胸と、異様にふくれあがった頭に、弾痕が見てとれる。地元の新聞ならけっして死体の写真を載せないし、観光シーズンなのでなおさらだ。ラジオでは、アコーディオンの伴奏で男性の声が、知らない言葉で歌っている。聴きながら、父は目を涙でいっぱいにしてこらえていたが、いとこは涙をこらえきれない。数週間前、父もいとこも、仲間たちとともに髪を剃って坊主頭になったが、わたしにはなぜなのか分からず、男らしさを見せびらかすような彼らの顔は、感情にゆがめられて、おそろしく場ちがいで、滑稽で、ほとんど不謹慎にみえる。わたしは視線をそむけ、涙と沈黙はそのくらいにしてほしくて、いとこに歌詞の意味を尋ねる。いとこは目を拭きながらあまりつじつまの合わない断片をかろうじて翻訳する――どんな謝罪が、われらにできるのか。子どもたちに、われらは何を遺せるのか。あなたたちは、なぜそんなに希望を殺してしまうのか。われらの苦しみ、われらの悼み、ここの生活は辛すぎる――まだほかの断片があったが、それらもぎこちなく、真摯な、同じ大仰さの印象をあたえる。しかし、涙を流させるのは、この大仰さではないのかもしれない。長い年月を経てはじめて、真摯でぎこちない言葉をふたたび聞いただけで泣いているのかもしれない。いまここでなにがおこっているのか知っているかと父に訊かれ、わたしがウソをついて、「知っている」と答えると、それなら、事態は予想もつかなかった成り行きになったので、おまえも安全でないかもしれないから、ここにとどまっていてはだめなことも分かるね、と父はつけくわえる。翌日、父は空港までわたしに同伴して言う。おまえは、ほんとうに自分に合った場所をみつけて、自分にふさわしい生き方をみつけるんだ、心配しないでいい、もし父さんに不幸があっても、おまえが生活してゆけるようにしてある、父さんがおまえを遠ざけるのは、なんの目的もなく、名誉にもならない争いから守るためだけでなく、この争いはおまえのものではないからだよ。

前夜わたしは屋根裏部屋にあがって、所持品を整理し、ずっと開かずに放ってあったあなたの本の表紙にたまった埃をはらい、そして、わたしが何も書いていなかった一九九五年のその夜、ついに再会するのだ、一九四二年のあの夜に「故郷《ハイマート》にいるという感じ」ほど大きなしあわせはないと書いているあなたに。

わたしの母語たるフランス語には、「ハイマート」に相当する名詞がなく、かわりにぎこちない言い回しにたよらざるをえないが、あなたが、自分の手帳にしるしていた、このすばらしい語を救えなかったのは、ほかの多くの語と同様、この語もとりかえしがつかないほど汚染し、腐敗していたからだ。ポズナンで第三帝国総統の口からでた、ねばねばして吐き気をおこさせる言葉の混合は、親衛隊が熱心に聞き入る集会で何度もはきだされ、その一つひとつが、任意的で、不可避的に卑しい、新たな語となる。冷静な殺害はいまや「義務」と呼ばれ、共犯者との思い出をかたるのを控えるのは「如才なさ」の証拠で、「道徳的」態度が意味するのは、あなたが書いているような「善良で、他者を助ける」ことではなく、虐殺した人たちから奪ったものを、たとえ、タバコ一本でも独り占めにしないことであり、「慎みぶかい」とは、山積みの死体を前にして、吐き気をこらえ、平然としたふうを装って立っていられること、さらには、ほんとうに何にも感じないでいられること、

「愛」とは、死の願望のおさえがたい発露であり、「魂」にはすでに何の意味もない——その代わりとなったのは、おそろしく身勝手な感傷過多で、危険をおかすことさえない自分自身にほとんど限りない憐憫の情をいだく逆説的感覚であり、第三帝国の総統の言葉では、加害者はいまや被害者と呼ばれる。ベラルーシのある場所では、部隊の狙撃手が、壕をのぞきこんで、若い母親にわが子が殺されるのを見る苦しみを味わわせないために、まず母親から射殺し、自分自身の思いやりぶかさに感じいっていて、他方、トレブリンカ強制収容所に到着したばかりの数人のナチス親衛隊員は、まだ慎みぶかさを知らず、死体で埋まった通路を見て嘔吐し、こんな光景を目の当たりにしなければならない自分たちの運命の過酷さをひどく嘆く。少し南の、火葬炉への道では、絶滅収容所でうごめく囚人たちを眼下にして、同情心も、道徳心のひとかけらもない者たちのすぐ傍にいることに、繊細な自分の心を痛めながらも勇敢に耐えている自分を哀れんでいる——すべてが、地位のいかんにかかわらず、自分たちが屠体解体処理所に変えてしまったヨーロッパのどこにいようと、すべてが「犠牲者」であり、それればかりか、永久に理解されないという不公正に耐えなければならないのだ。

けれどパリでは、エルンスト・ユンガー大尉が、ドイツ人は自己を哀れむ権利を失ってしまったとだけ日記に書いている。

あなたは瓦解したベルリンを脱出して、原子炉の完成のための研究所を、シュトゥットガルトの南のヘッチンゲンに移さなければならない。

連合軍の進攻にしたがって、ボリス・パッシュをはじめとするアルソス調査団の団員たちは、ドイツの核開発計画の進行状況にかんする情報をつかみ、関与している科学者たちを逮捕するために、放棄された実験室をくまなく捜索する。

シュトラスブルクでは、カール・フリードリヒ・フォン・ヴァイツゼッカー指揮下の研究所を、ずっと前にアメリカに亡命したオランダ出身のあなたの旧友サミュエル・ゴーズミットが、アルソス調査団の科学顧問として調査し、あなたがまだ原子炉の完成にさえいたっていないことを知り、おそらく安堵の胸をなでおろしたことだろう。

しかし同時に、サミュエル・ゴーズミットは、安堵感をはるかにこえる悲痛な思いで、オランダに留まるという間違いをおかした両親を見つけだす希望が砕け去ったことを知る。一九四三年以来消息不明で、火葬炉の煙という墓以外なにも残されていない。

サミュエル・ゴーズミットはドイツの名士たちが放棄した家のなかで、子どもの玩具や鉤十字の紋章が散在するなかで眠る。

後悔と憎しみに駆られて絶叫し、家具や食器をたたき壊す。

一九四五年三月十六日、あなたの故郷の街は、焼痍爆弾で二十分たらずのうちに破壊され、四月、ボリス・パッシュ大佐がヘッチンゲンに到着する。あなたがすでにウルフェルトに向かって出発したことを、協同研究者たちから知らせされる。

測定不能の、ほとんど無限にしてほとんどゼロに等しい速度で、きわめて長期にわたって、あなたを引きずっていた運動は終ろうとしていて、あなたはウルフェルトの家族のもとに帰ろうと幾夜も自転車をはしらせるが、すぐ近いはずの目標に手をのばすと、空間はものすごい速さで膨張して遠ざかり、ヴァルヒェン湖や妻や子どもたちに向かって疾走していても、二度と再会できないような不安におそわれ、路はどこまでも続き、標的を探す戦闘機の凄まじい爆音におののいて、茂みに身をひそめ、空腹になやまされ、出会うのは、大きすぎる軍服を着て無用な鉄砲をひきずる恐怖におびえる子どもたち、変わり果てた亡霊の群で、それらすべてがさまよう迷路は完膚なきまでの敗北のなかにあって、遠いライプツィヒの面影のぼんやりした輪郭さえほとんど愛らしく感じられるほどだが、あなたには、この敗北がなおひとつの勝利で、たぶんナチスがこれまで勝ちとったことがないほど完璧な勝利にみえるのは、彼らが達成した死の夢はいまや彼ら自身をも、彼らに従った人びとをも、国全体をものみこみ、そこでは、ナチスの親衛隊がまだ自分たちが死ぬ前に、誰も死から逃れさせまいと、倦むことなくかけずりまわり、無益な抵抗をつづける人たちをも、敗北主義者や脱走兵をも、自宅の前に早々と白旗をかかげて命乞いをしたうかつな人たちをも容赦せず、木の葉や氷結した木の芽の下で、彼らの遺体は枝に吊られて不動の軸のまわりでゆっくりと風にゆれ、あなた自身は、銃口と乾いた目を向けた親衛隊が、タバコ一箱とひきかえに見逃してくれたおかげで、首吊りをまぬがれて、勝ち誇る死が冬にかえてしまった凍てつく春の寒気のなかを走行しつづけ、ウルフェルトまでたどり着くが、それでも、緊急の意識の圧迫から脱することができず、ヒトラーの死を知って、妻エリザベートとともにワインの栓を抜いても、まだ全速力で走っているようで、さらには、マクダ・ゲッベルスが、論理の帰結という幻惑的動作で、わが子六人を毒殺し、唇を青酸で青く染め、死の祭りの前に母親が結んだ白いリボンの髪飾りをつけ、純白の夜の衣に身をつつんだ六つの遺体が、ソ連兵の前に並べられて写真に撮られていても、あなたは、眠れない夜の静寂に銃声がひびくような予感がして、ようやく祝福がおとずれるのは、パッシュ大佐があなたの家のドアを押し、逮捕を告げ、あなたを引きずりこんだ運動についに終止符が打たれたときで、ふたたび妻や子どもたちと別れなければならず、一緒にいるという約束をまた破ったと子どもたちに非難されても、あなたはこの知らせを、感謝と安堵にみちた気持でうけとめ、いまや、戦争は終わり、ゆっくり休むことができ、自由に息を吸い込み、ヴァルヒェン湖まですそをひろげる山々の雪にかがやく太陽の回帰を迎える気持になり、あなたはふたたび美の存在を感じとる歓びを誰かと分かち合いたくて、傍に立っているアメリカ兵、何ヶ月も死の影を絶え間なく歩きつづけた未知のその男のほうを向き、まるで客人に対するように希望にはずんだ声で、無意識にか、たんに無邪気にか、思いもよらない問いを発するのだが、なぜか、その問いがわたしに対して発せられたような気がしてくる。

ごらんなさい、そしておっしゃってください。どうですか、われわれの湖とわれわれの山は？

エネルギー

一九四五年五月、アルソス調査団の科学顧問、サミュエル・ゴーズミットはハイデルベルクに赴いて、ヴェルナー・ハイゼンベルクに面会し、ハイゼンベルクはどんな質問にも精いっぱい答え、尋問されているという感覚はなく、六年間の不幸な断絶の後に、知のアテナイの花咲く柱廊で、そんなものはすでに存在するはずもないのに、友情のこもった会話をとり戻したようなおもいにかられて、心をこめて話す。まだ稼動にいたらない原子炉にかんする実験結果を、アメリカの同僚たちが役立てることができるよう、気前よく情報をあたえてから、アメリカでも同じようにこの問題に興味をもっているのかと訊ねる。

サミュエル・ゴーズミットは、顔色ひとつ変えず、「ノー」と答える。

ヴェルナー・ハイゼンベルクはその答えを信じる。

一九四五年七月十六日、ポツダム会談の前日、ドーム型の火炎が、透明な紫の雲の光輪につつまれて、アメリカ・ニューメキシコ州の空に燃えあがり、砂漠の砂のなかにガラスと砕けたエメラルドのクレーターをのこす。ロバート・オッペンハイマーが、原子をあつかう者たちが多少とも共有している神秘教的な心情でもって、人間が神になったときに襲われる超大の陶酔をあらわすのに、引き合いにした詩的言辞*はよく知られている。

トリニティ原爆実験の指揮官は、死の瞑想から、ヴィシュヌ神や時代を切りすてて、神秘教も詩も、有無を言わせぬ明快な断言に一括する。

「ロバート、いま、われわれはみんなクズ野郎になったんだ」

一九四五年八月六日、ヒロシマとの連絡が、はっきりした理由なしに、すべて途絶える。

爆撃機の飛行隊についての報告もない。

数時間後、東京から送られた一機が、煙をはきながら地の果てまでひろがる廃墟の山の上空を飛んでいる。ロス・アラモスでは、作戦成功に熱狂する人びとの前で、ロバート・オッペンハイマーが勝利の腕をあげる。最後の瞬間まで、なにかが機能しないのではないかと怖れていた。軍事責任者たちに対して、百回もくりかえして、爆発がすべてのエネルギーを消費するのに最適な気候条件や、高すぎも、低すぎもしない、爆発の格好な高度についてたたきこんだ。しかし、原爆は、託された願望をことごとく凌駕した。

その放射線は、わずかに触れた肉を焼きつくし、遠方から、幻惑的な火球に、星のやさしい光をみるように、警戒心なく向けられた好奇の眼を闇のなかに埋め、女たちの白い肌に着物の黒い柄を永久に刻みつけた。衝撃波は街をつきぬけ、振動が肉体を破壊し、臓器をずたずたにし、瓦解した建物は、得体の知れない暴風にあおられる火炎にのみこまれ、他方では、瓦礫と灰が空高く吸いあげられて、雲を汚染し、生きのびた人びとの頭に、ねばねばする黒い大粒の雨を降らせた。

原爆は、自分の死者をはじめて知り、死者たちに今までにない顔を付与したので、原爆にのみ固有の死者というものが存在する。そのなかには、他の死者たちより原爆と一体化し、かつてなかったその根源的本質をとらえた者もいた。その死者たちは、それ以前に、他の多くの街で、瓦礫の下敷きになり、火で焼死した死者とは異なる。さらには、毛髪が抜け落ち、皮膚がぼろぼろになった者とも、身体の他の部分には損傷がないのに、放射線にさらされた部分だけ骨まで焦がされて死亡した者とも、放射能の種をひそかにうえつけられ、長い歳月を経て命を奪われた者ともちがう——いや。原爆の真の死者は、なんの痕跡も残さず、消え去った、たぶん、爆発の瞬間にはりついて、黒焦げの壁にうすい色のかすかな輪郭だけを残して。ウランの心臓が、すぐそばで、彼らの心臓を破壊し、両者は本質のところで一体化し、ただの一撃で、無益な労苦も、無駄な段階も経ず、構成する同じ物質にもどり、それは、根底において、そのシルエットのように、彼らの記憶や彼ら自身のように、無なのだ。

米国の将官のひとりが、いささか過激なプラグマティズムに駆られて、まず彼らを銃殺に処すことを提案した。単純さの魅力はまちがいなく利点だが、この解決法は採用されず、一九四五年七月三日、フランスとベルギーでの短い滞在の後、イギリス軍は彼らをファーム・ホールの田舎家《コテージ》に住まわせ、監視官のリットナー少佐は、極秘にしておくこと、客人としてあつかうことを命じられる。核開発計画に加わっていたさまざまのチームに属していたドイツの科学者十名はつぎのとおりだ。

マックス・フォン・ラウエ教授
オットー・ハーン教授
ヴェルナー・ハイゼンベルク教授

ヴァルター・ゲルラッハ教授
パウル・ハルテック博士
カール・フリードリヒ・フォン・ヴァイツゼッカー博士
カール・ヴィルツ博士
クルト・ディープナー博士
エーリヒ・バッゲ博士
ホルスト・コルシング博士

どの部屋にも盗聴器が仕掛けられていた。逃亡をくわだてたり、外部との接触をこころみたりすることはけっしてしないことを、客人全員が誓った。

このなかには、世界的名声をもつ理論家もいれば、若い実験学者もいる。ずっと以前から固い友情で結ばれていた人たちもいれば、ほとんど顔なじみのない人たちや、心底憎みあっていた人たちもいる。慎重な態度をとりながらも徹底した反対派だったマックス・フォン・ラウエ教授はべつとして、それぞれがナチスとどんな関係にあったかが解明されることになっていた。

英国の兵士たちはそうした微妙な問題には無関心で、彼らの身辺の世話をすることを頑として拒否したため、ドイツ兵の捕虜たちが、下着や寝具のめんどうをみたり、炊事をしたりし、彼らはこの六年間口にしたことのないたっぷりした食事を堪能した。ドイツにのこした家族のことが気がかりで、抑留がどのくらいつづくのか見当もつかなかったが、ファーム・ホールの牧歌的な環境のなかで望外の心地よさを感じとることができた。しばらくのあいだ、バカンス気分だった。

さまざまな科学的主題で、代わる代わる講演会をした。

庭の散歩。

ピアノの演奏。

体重は増えていく。

八月六日の夜、リットナー少佐はオットー・ハーンと二人きりで上の階にこもり、ヒロシマにウラン爆弾が投下されたことを告げ、ハーンは致死の一撃をうけたようにくずおれる。リットナーはハーンの体をささえ、ジンのグラスを手ににぎらせ、口までもっていくのを助け、さらもう一杯つぐ。人が変わったような声で、ハーン教授はくり返す。悪いのは自分だ、最悪の事態が可能になったらただちに命を絶つつもりだったのに、もうすべてが現実になった。自分はすでに無数の死者にかこまれている。それは事実だ。ハーン教授のほうはまだ生きている。リットナー少佐はそれを指摘するほど残酷ではない。ただアルコールをつぎたしては、無駄な慰めの言葉をかけ、ハーン教授はようやくかなり落ち着きをとりもどし、他の客人たちにこの知らせを告げるため、リビングに降りていく。

ヒロシマの衝撃波がこんどは他の人たちに達し、驚愕、恐怖、安堵感、好奇心、失望、悲嘆があいつぎ入り混じって、錯雑した反応の嵐をひきおこす。茫然自失のなかにあって、ふつうなら礼儀や慎みが口にするのをゆるさないような心の奥底がさらけだされる。寛容と私欲、諦念と虚栄、恭順と慢心、気高さとさもしさ、そうしたものが彼らの内部でぶつかって展開する激しくて不確かな、とめどない葛藤の推移を、隠しマイクが記録している。

彼らは自分たちが原爆を製造しなかったことにほっとして、騒々しく自賛し、けれど、アメリカ人がドイツ人の発見を恥じもためらいもなく利用したことにひどい屈辱をあじわう。あれこれの理由をあげ、自分たちの敗北に名誉ある説明をあたえるものであれば、それらが相互に矛盾していても頓着しない。

自分たちが原爆製造の成功を望んでいなかったことは断言できるが、かりに望んでいたとすれば、まちがいなく成功していたにちがいなく、とはいえ、成功を望んだとしても、原材料が不足しただろうし、ナチスが自分たちを信用したはずはないし、全力が戦争にそそがれるなかで、いずれにせよ必要な素材はけっして提供されえず、しかも、ヒトラーが進行の鈍さに苛立って、自分たちを断頭の刑に処すか、さもなければ、英国の諜報機関が、自分たちの研究の本質をつかんだとたん、ヒトラーのかわりに自分たちを消してしまっただろうから、やはり成功しなかったのではないか。

彼らは家のなかをうろつき、熱にうかされたように数人ずつ寄りあつまるが、それぞれの記憶を一致させることはできず、無能力やサボタージュをたがいに批難しあったり、論理の一貫性にはおかまいなく、自分たちの研究が軍事目的に利用されないように、最大限の努力をはらったとことをにおわせたりする。

ハイゼンベルク教授は、とりたてて必要性もないのに、大急ぎで敵の物理学者に国家機密を打明けたのに、ハイデルベルクでゴーズミット博士が、自分に対して白々しい嘘をついたことに傷つけられる。いまやアメリカでは誰もこちらから学ぶことは何もないのに、こちらの知識をわかちあうことをもうしでた自分が滑稽におもえる。

それでも、原子炉の研究だけをしていてよかったとおもう。

原爆の使用を批難する声があちこちからあがる。ヴァイツゼッカー博士は憤怒し、「狂気だ！」と言い切る。

ハイゼンベルク教授はこれに対して、戦争を終わらせる最速の手段だったと反論する。けれど、少しして、こんどは自分のほうから、原爆投下は「想像しうるもっとも醜悪な」行為だ。かりにドイツの科学者がこんな武器を完成させ、使用したとすれば、みんな戦犯として処刑されていただろうと、悲痛な調子で指摘する。

オットー・ハーン教授は、これほど醜悪なプロジェクトにかかわるほどニールス・ボーアが堕落しなかったことを願う。

盗聴器の録音を聞いて、ゴーズミットには、これら軽蔑すべき科学者たちが、自分たちの無能力を逆手にとって、道徳的な優位をひきだし、許しがたい加担をしながらも、ナチズムと勇敢に戦った同僚たちを見下して、ふてぶてしくも教訓をあたえているようにしかおもえない。リットナー少佐は、連合軍の軍事的決断を蛮行として弾劾する、これらドイツ人の図々しさに激怒する。危惧した以上の数の死者にとりまかれたオットー・ハーン教授に対して、わずかのあいだでも温情をしめしたことを後悔する。

コルシング博士は、ヴァルター・ゲルラッハ教授に、厳しい意見をひどく無遠慮になげつけ、ゲルラッハ教授は泣きながら自分の部屋にのぼり、慰めようとする同僚たちを振り切り、頑強な絶望にしがみつく。自分は、ドイツで、敗戦を回避できなかった、いや、避けようとせず、国を大混乱に陥れた責任を負わされるだろう。同胞たちに、裏切り者としてあつかわれ、裏切り者であることは認めざるをえず、屈辱的な方法で処刑されるにちがいない。

ドイツの土を踏んだとたん、誰かに殺害される。

われわれはみんな殺される、まちがいない。

ゲルラッハはなおも涙を流しつづけ、オットー・ハーンには彼の言うことの意味が分からない。ハーンは訊ねる。

「われわれがウラン爆弾をつくらなかったことを嘆き悲しんでいるのか？　わたしは、われわれがウラン爆弾をつくらなかったことを、跪いて神に感謝している。それともあなたは、アメリカ人がわれわれに先んじたことに落胆しているのか？」

けれど、ゲルラッハ教授はおそらく自分でも自分自身が分からなくなっていたのだろう。矛盾だらけの後悔の迷路をいつまでもさまよい、だれも彼に寄り添う気になれない。

夜遅くなって、ハイゼンベルク教授は、ヒトラーの人格を考慮すれば、爆弾の開発の問題は、ドイツの科学者とアメリカの科学者とでは、同等には提起されえない、冷静にそう指摘する。

ハイゼンベルクは、オットー・ハーンに対して、自分だけとくに罪があると考えるのはまちがっていると、慰めようとする。罪責という言い方が妥当だとすれば、現代科学の発展に寄与した人たちのすべてにかかわる問題だ、生きている人も、死去した人も。核分裂の発見のような発見は、付随的に個人の発見であるにすぎない。その発見は帰結ではなく、ひとつの段階であり、他の段階より目立つし、おそらく華々しいだろうが、より本質的とはいえない。すべての段階が本質的で、偶然をもてあそぶ運命のかたちをえがくのは、これらすべての段階だ。

原爆はたぶん、物理学の運命であり、その堕落であり、その勝利であり、その敗北であった。それはまた、頭をなやませる謎でもある。

ハイゼンベルク教授は自問する。「しかし、彼らはどのようにしたのだろう？　少なくとも、この問題について研究しているわれわれ教授が、彼らがどのようにしたかを理解できなければ、ほんとうに恥だ」

ゲルラッハ教授の絶望はしずまったようだった。しかし、彼の好奇心はおさまらない。

「彼らがどのようにしたのか、ほんとうに知りたい」

彼らはまだまったく分からない。フラストレーションは増大するばかりだ。

夜が深まってもなお彼らはありとあらゆる推測をし、めいめいの個室に戻ったが、その前に、フォン・ラウエの警告にうながされて、オットー・ハーン教授がみずから命を絶つことがないよう、ふたたび確かめた。

彼らは眠ることができない。

夜明けまで、一定の間隔をおいて、隠しマイクは、夜の闇のなかで涙をながす客人たちの呻きや泣き声を記録している。

けれど、それが誰のものかを聞き分けるのは不可能だ。

とりわけ、なぜなのかを理解するのは不可能だ。

任務の遂行にあたって、リットナー少佐は、記録にユーモアを交えることも忘れない。そこで罪のない意地悪を楽しんでいる。

バッゲ博士は極度に神経をいらだたせている。音信不通の妻がひとりで残されたヘッチンゲンでは、フランスの植民地部隊の兵士が進軍するやいなや、手当たりしだいに女を蹂躙しているという話に、気も狂わんばかりに心配している。彼はディープナー博士に胸の内を吐露する。モロッコ人が三人自分の家に居住している。バッゲは嗚咽をこらえる。気が転倒してしまい、拘束された自分の状態を、ナチスの強制収容所になぞらえ、もう戦争は終わっているのだから、ファーム・ホールのほうがもっと不当だと言ってのける。

「彼らは同じことをすべきでない、いまになって」

バッゲ博士は、抗議の意思表示として、ハンガーストライキをすると脅す。

隠しマイクの録音を記録した用紙のはしっこに、リットナーは括弧を付けて、こう書きそえている。

「バッゲは太りすぎている。パンと水だけのダイエットをするのも悪くないだろう」

客人のなかで、ナチス党員だったのは、バッゲ博士とディープナー博士のふたりだけで、彼らは英国人の視線、そして、とくに同胞たちの視線と不当な恨みを怖れている。

けれど、彼らにはなんの罪もないのだ。

バッゲは母親のよからぬイニシアティブで知らないうちに入党させられていたと主張する。ディープナー博士は、入党したのは自分の意思からではあるが、そのために胸を引き裂かれるような道徳的苦しみをあじわったのだから、それは正当に評価されるべきだと力説する。自分の信念はつねにナチズムにまっこうから反していて、自分の選択は政治的見解とはなんの関係もなく、ただ職業的な利点によるもので、ドイツが勝利していたとすれば、ナチス党員のみが職業的に優遇されていただろうが、そうではないのだから批難される謂れはない。彼はそれだけで自分の潔白を証明するのに十分だと信じてうたがわない。

ディープナーはため息をつく。「わたしはずいぶんみんなの助けになった!」

誰もが、例外なしに、自分の責任をのがれるための試みに終始している。

彼らは虐殺がどれほどのものだったかまったく知らずにいて、うすうす感づいたときには、それに抗するために危険をおかした。

無駄に終わることが多かったものの、危機にある同僚を救おうとした。彼らは自分たちの行為をならべたてて語っているが、他の客人たちは、礼儀をまじえた懐疑心でもって聞いている。

たとえば、ハイゼンベルク教授が、その処刑をさまたげることができなかった、ジャン・カヴァイエスは、数学にも政治活動にもほとんど変わらない情熱をいだき、同じように避けがたく、抗しがたい欲求で、論理的証明をし、レジスタンス活動をしていた。

たぶんリットナー少佐は、彼らのとるにたらない英雄行為の話を毎日か聞かされるのに疲れ、うんざりさせられたのだろう、彼らの言うことの真偽をみわけるのは、ほんとうにどうでもよくなる。

九月なると、リットナーはブロディー大尉と交代させられて、ブロディー大尉は報告書をすべて記録し、署名する。

「わたしには分からない」

ヒロシマを廃墟にしたウラン爆弾投下から一週間がすぎ、ハイゼンベルク教授は、客人たちの要請におうじてよろこんで説明をあたえ、この爆弾について再び少しばかり講義する。たぶん、こんなふうに進行したのではないか。高速中性子は、熱中性子とちがって、温度の上昇によりウランが発散して最大出力で爆発するのをさまたげる前に、連鎖反応をひきおこす。反射器をつかえば、ウランの中心に中性子をはねかえすことで、臨界質量をいちじるしく減少させることができ、そこで中性子はさらに核分裂をおこしてとびだす。爆弾の移動という難問は、核分裂物質を二つに分けて、投下の際に、一方が他方に最速でぶつかって、合体し、臨界質量に達するようにすれば解決できる。

爆発の瞬間、白熱したウランの球体は、太陽の二千倍の明るさで輝く。その放射はきわめて強烈で、少なくとも一瞬はっきりしたかたちをとり、未曾有の突風のように、すべてを吹き飛ばす。ついで、球体は拡散し、塵や蒸気になる。空にむかって高く巻きあがっていく。

それで終わりだ。

世界はすでに同じではない。

もとの世界ではない。

たぶん、ハーン教授はふたたび自分が死者にかこまれ、執拗にとりつかれているのを感じ、少しのあいだ目を閉じたことだろう。

ラウエ教授は言う。「わたしは子どものころ、物理学を勉強して、この世界の歴史がどのようにつくられるかを知りたいとおもっていた。それなのに！　物理学を研究して、歴史がつくられるのをみてしまった。わたしは生涯を終えるまでそう言いつづけるだろう」。自分の願望がかなうことの代償がどれほどのものかを知ってしまった人びとに固有の悲痛なおもいをこめて語る。

いまとなっては、物理学を研究するとは、なにを意味するのか。

客人たちには、原爆の秘密をにぎる科学者たちは、新しいプラトン共和国において、重い政治的責任をうけとめる以外の選択肢はないようにおもわれる。無関心でいても、意欲に燃えていても、嫌悪の念をいだいていても、その見通しに彼らは直面している。ファーム・ホールの庭で、彼らはすでに従順な妄想をもつ人びとに君臨している。

フォン・ヴァイツゼッカーは哲学に専念することを夢みるほうがいいとおもう。他の人たちは、悲しげに、ウランの研究をつづけられなくなる覚悟をする。それならそれでいい。けれど、物理学に首をつっこむことを永久に禁じられるのではないか心配だ。とくに危惧されるのは、自分たちがソ連に加担するかもしれない、または、ソ連の貴重な協力者として拉致されるかもしれないので、二度とドイツに帰してくれないのではないか。

彼らは自分たちが重要人物であることを信じて疑わない。

物理学者たちは、理解すること、いっとき神の肩ごしに見ることを望んだ。自分たちの企画の壮大さは、考えうるもっとも高度なものにおもわれた。彼らは、言語がその限界につきあたる地点に達し、彼らが探索した分野は根本的に異質なので、隠喩によるか、抽象化された数学的言語でもってしか表現できず、その数学的言語もまた隠喩にほかならない。

彼らは「理解する」とはいったいどういうことか、絶え間なく問いなおさなければならなかった。

彼らが尊重していた知識をもとにしてつくられた武器は、すでに武器をこえるほど強力で、神聖なる終末の表象だった。

彼ら全員が神託をくだす者でもあり、奴隷でもあった。

アルソス調査団のゴーズミットが助けの手をさしのべてくれるかもしれないと言うハイゼンベルク教授に、ヴィルツ博士は答える。「ゴーズミットのような人はわれわれを助ける気にはとうていなれないだろう。両親を亡くしたのだから」そしてハルテック博士がつけ加える。「ゴーズミットはわれわれが彼の両親を殺したことを当然忘れないだろう」

ハルテック博士にかんする報告には、その魅力的な人間性が強調されているが、ゴーズミットの両親を殺害したのはもちろんハルテック自身ではない。

しばらくして、ヴィルツ博士はハイゼンベルクになお打明ける。「われわれは前例のないことをしてしまった。われわれはポーランドに行き、ただポーランドのユダヤ人を殺害しただけじゃない、たとえば、親衛隊は女学校に突入して、高学年の女生徒を外に出させて射殺した、彼女たちは高校生で、インテリゲンチャは抹殺すべきだったからだ。ちょっと想像してみたまえ、彼らがヘッチンゲンにきて、高校に突入し、女子学生を皆殺しにしたとすれば、どうだ！　それがわれわれのしたことだ」

報告書には、ヴィルツ博士は頭脳明晰、利己的、陰険と記されている、けれど、ポーランドの女子高生を殺したのは、ヴィルツ博士ではない。

自明の理だが、客人の誰も人を殺したことはなかった。殺人など考えたこともなかっただろう、もしかしたら、夢や怒りがときおり照らしだす、ぼんやりした妄想のなかでなら別かもしれないが。けれど、彼らはすべて全員がなにについて責任をもつべきかを知っている。相違や、憎しみや、対抗意識があっても、彼らは長いあいだひき離されたままではいられない。殺戮に言及するとき、彼らの口にのぼる唯一の人称代名詞は、「われわれ」。この「われわれ」が鋼鉄の輪のなかで彼らをひとつに結んでいる。彼らは誰も殺していない、それは事実だ、しかし、ある意味では、めいめいがゴーズミット博士の両親のガス室のドアを閉めた。めいめいが平然としてポーランドの女子高生に向けて発砲した。

彼らはたぶんドイツの白バラ抵抗運動の学生たちの言葉をおもいだし、「罪はめいめいにある、罪はめいめいにある」のこだまを聞いていたのだろう。

彼らは言う、「われわれの湖とわれわれの山」

彼らは言う、「これがわれわれのしたことだ」

しかし、それは、「これが、われわれの山で、われわれの湖だ。これが、われわれの罪だ」を意味してはいない。


そうではなく、こう理解しなければならない。「われわれが湖や山に属しているように、われわれはまた罪に属している」

といいえ、彼らは勇気をだして単独で背負った危険についても語っている。集団的言明という呪縛を破って、ふたたび個人になろうとする。


たぶん、まだ「最期は苛酷なものになる」と考えているのだろう。

彼らの努力には、悲しみと滑稽さがにじんでいる。

彼らには要求すべきことがある。

自分たちに課せられたものがあると信じて疑わない。

彼らは考えている、連合軍には、ドイツをかけまわって彼らの手紙を届け、その返事を英国に持ち帰ること以上の急務はないと。

自分たちの苦悩は重要性をもつと想像している。
彼らは存在しない世界に生きている。

郵便物の到着が遅れると、彼らは落ち着かなくなり、苛立ち、傷つきやすくなる。彼らは泣きだす。

ラウエ教授は息子から届いたばかりの手紙を誇らしげに振りあげる。歓びを分かち合いたい。何も受け取らなかった者は、にがい笑みと、憎しみにも似た黒い嫉妬心にみちた陰険な視線をなげかける。

バッゲ博士は、自分の妻が暴行されるようなことはまったくなかったことをようやく知る。少しのあいだ幸福感にひたる。ところがすぐさま、また不安のたねをみつけだし、妻がフランス人のために料理人としてはたらかされていることを嘆く。

ディープナー博士の問題は次元が異なる。ブロディー大尉はじつに細かい気配りをしながらも、ディープナーの手紙を夫人にとどけることができなかったこと、夫人は住所ものこさずに家を出て、ほかの男と手を取りあって失踪したことを告げる。ディープナーは妻を寝とられた男という新しい状況をけなげな自制心でもって受けいれる。誰かが妻を見守ってくれるのだから、安心していられる。もしかしたら、彼はこの情報の正確な内容を把握しなかったのかもしれない。

原理がしめすように、きわめて短い時間におけるエネルギーの不確定性は、その強度がはげしく変化するような挙動をしめし、あたかも無から唐突にでてくるようにみえる。けれど、時間が、ファーム・ホールのように、はっきりした限界なしにひきのばされていくと、その不確定性はつねに基本的な単調さ、つまり最低のレベルになる。

彼らは死ぬほど退屈になる。

終わりのない日々がつづくうちに、自分たちのなかのなにかが消耗していく。

ハイゼンベルク教授はピアノにむかい、記憶をたよりにモーツァルトのソナタを弾く。もう誰も聞いていない。ハーンは毎日何時間も庭のなかを飽くことなく歩きまわる。歩いた距離を計算する。まっすぐ歩いていたとすれば、海を越えていたことだろう。ずっと前にドイツに着いていたはずだ。

客人たちはときおり、パトリック・ブラケット、サー・チャールズ・ガルトン・ダーウィン、サー・チャールズ・フランクといった英国の物理学者たちの訪問をうける。彼らは新たな情熱をこめて、原子炉や重水や同位元素の分離などについて話し合う。将来の夢やドイツへの帰還、研究室や大学、これから再建しなければならないすべてのことについて議論する。ファーム・ホールの庭の向こうには、いまなおはるかに広い世界があって、その存在が彼らをふたたび陶然とさせる。ゲルラッハ教授は茶目っ気をおこす。「サー・チャールズの言うことは、愚にもつかないとは言えない！」〔パウリがアインシュタインの論述についていった言葉〕爆笑がおこる。ヴォルフガング・パウリの信じがたい大胆さの思い出は、彼らをいっとき一九二〇年代の楽園の日々に回帰させる。けれど、チャールズはもちろん帰っていき、どの訪問も、衝撃波のように作用するが、それは、憂鬱によって減じられて、ファーム・ホールの虚空にふたたび長時間ひろがっていき、そして唐突に乱気流をひきおこす。

客人たちはイライラを募らせ、役に立たないエネルギーをもてあまして、無益なおしゃべりに消費する。

彼らはふいに、世界の科学界ぜんたいが自分たちの今後をあんじていると思いこむ。長ったらしい手紙をしたため、つまらない論争をくりかえす。自分たちの態度や決心が状況を前進させるものと信じているので、無用な計画を立案したり、つまらない術策にうつつをぬかしたりする。

いつになったら自分たちの家族や国と再会できるのか、その日数をかぞえるのに疲れはてる。そうした推測に数学的な正確さで影響をおよぼしていたのは、しじゅうゆれうごく気分の変化、自信や落胆、幸福感や絶望、待ち遠しさ、愛する妻や不実な妻のぼんやりした思い出が苦しげにうきぼりにする不動の時間だ。いつか自分の子どもたちの顔を忘れてしまうのが怖い。

ハイゼンベルク教授はちょっとした得意芸をあみだし、飽きもせずにその手をつかう。客人たちの家族からの便りの不在があまり長くつづいたり、自分たちの将来や抑留期間についてのあらゆる質問にいきなりただちに返答がほしくなったりすると、ハイゼンベルク教授はブロディー大尉の執務室に顔をだし、もし自分たちの正当な要請が考慮されなければ、自分の誓約を考えなおさなければならず、いますぐケンブリッジに行って自分の所在を知らせると真剣な顔で脅す。同じようなシーンはほんの少しかたちをかえて、多少とも短い間隔でくりかえされ、ブロディー大尉は彼を鼻さきで笑いとばしたくて、うずうずしてくる。けれど、その気持を抑える。ブロディー大尉は客人たちの協力をとりつける役割をになっていて、彼らの心証を害するわけにはいかない。ハイゼンベルク教授がとても好感をいだかせたということもある。おまけに、彼は理想的な囚人だ。ヨーロッパが広大な虐殺の場となったというのに、ハイゼンベルクにはなお誓った言葉に拘束されているというおもいがあり、鎖も格子戸も門番も必要としない。彼はその言葉を重視するあまり、脅し文句がきくと信じて疑わないのだが、もちろん、それはなんの効果もうまない。

彼らは、しかしながら、きわめて聡明だ。
彼らはデルポイの神殿に足をふみいれた人たちだ。
彼らはほとんどの人には謎でしかないものが理解できる。

けれど、彼らは自分たちの運命が思いのままにはならないことを理解していない。自分たちの願望など誰も気にかけていないことも、しつこくくり返す要求は無意味にうるさいだけなことも理解していない。敗戦がなにを意味するかを理解していないのだが、それは、じつのところ、自分たちが戦争に負けたのだということさえ理解していないからなのだ。

そう、彼らが理解していないのは、もっとも単純なことなのだ。

十一月、『デイリー・テレグラフ』紙は、スウェーデン王立科学アカデミーが核分裂の発見の功績をみとめ、一九四四年のノーベル化学賞をオットー・ハーン教授に授与する決定をしたと報じた。客人たちは祝宴をはり、ブロディー大尉も招待する。彼らは、大声をはりあげ、英語とドイツ語をごちゃまぜにして素朴でユーモアに富んだ詞の歌をうたい、地上の悪はぜんぶハーンのせいだと、おもしろおかしくはやしたて、テーブルをたたき、「そして、悪いのは誰? オットー・ハーン!」のリフレーンをくりかえす。

陽気で、屈託がなく、騒々しくて、まるで徒党をくんだ老いた学生だ。

ハーン教授は、もしストックホルムに行く権利がえられるのなら、スウェーデンの友人たちと、あたえられた名誉のぶんだけ酔いつぶれるつもりだと言う。

けれど、フォン・ラウエ教授の嘆かわしい失態のせいで、すべてが台無しになるのだが、彼は、ハーンに対する感動的な賛辞をのべるのに、うっかりエーディト・ハーン夫人をひきあいにだしてしまい、意図せずして宴会のテーブルに不在の愛する人たちの影を呼びよせ、彼女たちは無言で席につき、忘れていた香気と、失った家庭の遠いやさしさをはこびこむ。ハーン教授の歓びはふいに涙にかわる。自分のせいにされたくなかったのか、こんどはフォン・ラウエ教授が嗚咽する。ふたりの教授にはさまれて、ブロディー大尉はこのシーンに巻き添えにされた、ひどい困惑を顔にださないよう、けんめいに威厳ある姿勢をたもちつづける。他の客人にこれが伝播し、彼らがまたとない機会をとらえて、自分たちに共通の不幸をなげき、じめじめした悲惨な光景をよってたかって見せつけるのではないかと、心配でたまらない。

その後、数日間、ハーン教授はノーベル賞受賞の確認を待ったが、なんの音沙汰もない。ハーンは、ブロディー大尉が悪ふざけで期待させたのではないかと怪しむ。王立アカデミーが理解しがたい沈黙に立腹しないように、ストックホルムに手紙を書かせてほしいと要求する。ひどい屈辱をあじわう。あばれたり、叫んだりし、なにに対しても知らぬ顔をする。英国が大災害に襲われればいいんだ。ハイゼンベルク教授がなだめようとするが、なんともしがたい。

クリスマスの少し前、客人たちは、他の事由なしにイギリス国王陛下の御意だけで合法的に抑留可能な期間は六ヶ月なので、一九四六年の一月はじめには全員がドイツに帰還できることを知る。

苦悩や鬱憤も、根拠なしにただのサディズムから自分たちは無用な道徳的拷問をうけているという、ときおり頭をもたげた確信も、彼らは忘れてしまう。

ファーム・ホール滞在を、心地よい保養だったかのように語りだす。

フォン・ヴァイツゼッカー博士はもう六ヶ月ここにいてもいいとさえ言うが、その意気込みは疑わしい。

自分たちがどれほど厚遇されたかをドイツでは言わないほうが賢明だろう、と彼らは考える。

敵の協力者として咎められるのが気がかりだ。

けれど、彼らは謝意を表明したい気持にかられる。クリスマスに、記念品としてブロディー大尉に贈ったのは、とくべつにつくったアルバムだ。めいめいが自分の略歴を記し、その下に写真が貼れるよう余白をのこす。写真はもちあわせていない。あとで提供すると約束する。実行する機会がおとずれることはないのだが。そしてブロディー大尉へのこのクリスマスプレゼントは、英国諜報機関の書類に加えられるのだ。

アルバムの見返しのあそび紙のうえに誰かが鉛筆か、筆か、木炭でファーム・ホール邸のデッサンを描いている。


ハーン教授は記した。

「一九四四年初頭、ダーレムの私の研究所は爆撃で完全に破壊されました。私はヴュルテンベルク州のタイルフィンゲンに研究を移しました。そこから、一九四五年四月二十五日、アメリカ兵に連行されました。」

ヴァイツゼッカー博士は記した。

「抽象的な科学以上に、時代の精神にとってそれが意味するもの、科学と哲学や宗教の関係、私の興味をかきたてるのはそうしたものです。」

ハイゼンベルク教授は記した。

「私、ヴェルナー・カール・ハイゼンベルクは、一九〇一年十二月五日、ヴュルツブルグに生まれ、父はそこで高校教師、および大学の助手をしていました。一九〇九年、父がミュンヘンにポストを得たので、私が成長し、言語や数学や音楽を学んだのは、その地においてでした。一九二〇年から——志願兵として短い中断があった——、ゾンマーフェルトのもとで物理学を勉強しました。同時に、ワンダーフォーゲルに加わって全国を徒歩でめぐり、あらゆる種類のスポーツを実践しました。一九二四年、私はゲッティンゲンで助手になり、ヘルゴラント島に滞在していたとき量子力学を発見しました。一九二六年から一九二七年、偉大な物理学者・哲学者のニールス・ボーアの教え子として、コペンハーゲンで講師をつとめました。一九二七年から一九四一年、ライプツィヒ大学教授となり、ドイツ人および外国人の大勢の学生に原子物理学を教えました。一九二九年、アメリカ、日本、インドで講義や講演をおこないました。一九三七年に家族をもちました。戦争中、一九四一年、カイザー・ヴィルヘルム物理学研究所に召喚されました。」

おそらく、これ以上語ることはなにもなかったのだろう。

一九四六年一月三日、リットナー少佐とブロディー大尉に伴われて、彼らが踏みしめたドイツの地は廃墟と瓦礫に埋まっていて、今後何年かをそのただなかで生きなければならないのだが、当初はなにも見ないふうをよそおう。

連合国軍とソ連の諜報員たちが監視の目を光らせるなか、占領地帯をとおって、ハンブルク、ゲッティンゲン、ボン、ミュンヘンへと向かう。

身を落ち着けることのできる場所をさがす。

当局に懇願し、ときには気が遠くなるほど長いこと待たされて、やっと許可がおりる。

廃墟のなかから何かがきっと生まれることを願う。

マックス・フォン・ラウエはファーム・ホールでは失態をみせたが、マックス・プランクの死を悼む物理学者たちの集会で、弔辞をのべる栄誉にあずかるのは、プランクの弟子だったこの人物だ。マックス・プランクは長すぎた人生において、家、蔵書、手稿、わが子のすべてをつぎつぎに失っていき、ようやく不変の島を見つけだしたのだったが、おそらくは、その島で神に釈明をもとめるのを忘れてしまったことだろう。

ワシントンで、ロバート・オッペンハイマーが、メロドラマふうの絶望の身振りで、長い蒼白な手をさしだし、指をふるわせながらひらいた掌が血にまみれていることを、トルーマン大統領に分からせようとしていたとき、ハイゼンベルクはコペンハーゲンに向かっていて、そこで、沈黙の必要性というものを身をもってまなぶことになる。どんなに望もうと、ニールス・ボーアと理解しあうことはできるはずがなく、ふたりの関係をつづけていくには、一九四一年の再会についてはけっして触れてはならず、戦争にかんすることもいっさい口にしないほうがいい。そんなわけで、ふたりはほかの話をする。パイ中間子。北極光。将来。

けれどふたりとも、オッペンハイマーの若干もったいぶった表現の仕方はしっくりこなくても、彼の言うことがまったく正当であることを忘れていない。物理学者たちは罪をおかした、彼らにとって大きすぎる罪。

彼らは、一挙に、全員そろって転落した。

そして、輝かしい青年時代がまたたくまに消え去ったヴェルナー・ハイゼンベルクは、ずっと昔、ひとつ前の戦争が終結し、敗北と革命の時代にあったとき、あの老数学者と狂ったように吠えつづけたパグ犬にはふしぎな予感があったのではないかと、おもったかもしれない。フォン・リンデマン教授は、数学を学ぶことを欲して希望にみちて自分の机の前に立っているはにかみやの若者が、本人も知らないまま内に秘めていたものを見ていたのかもしれない。

音をたてずに発している悪しきエネルギー。

罪の萌芽、消えることのない汚れ。

運命の約束が偶然をもてあそぶと、その必然的な帰結は、勝利、転落、呪いとなるのだろう。

フォン・リンデマン教授はおそろしい恐怖にとらわれ、その若者を追い出すしかなかった。ヴェルナー・ハイゼンベルクはその若者に自己をみとめることはできないだろうが、その姿はあらがいがたい郷愁をかきたてる、若い日を惜しむ心ではなく、失われた無垢への郷愁だ。

時間

オマーン国からペルシア湾岸までの地帯では、ペルシア人とアラビア人とがいまなお自分たちこそが名祖《なおや》だと主張しあっているが、そこにひろがる砂漠は、遠いむかしから遊牧民《ベドウィン》の住みかであり、彼らにとって、神が創造した美をべつとすれば、詩こそ最高の美だった。おそらくいまなお、アル・ムタナッビーが千年あまり前によんだ比類なき詩に魂を揺さぶられる人びとは残存していることだろう。

馬、砂漠、夜は、わたしを知っている。
そして、弓と剣、紙とペン。

けれど、そのはかりしれない誇りを自分のものにしうる者はいまや存在しない。これらの詩は、ふいに消え去った世界のものいわぬ遺物、ふしぎで、うやうやしい昔の宝物となり、いまや空っぽの寺院の聖域で、不可解な光をはなっている。ほんの四十年たらずで、貧しい真珠採りが夏いっぱい潜水していた灼熱の海辺の砂漠のうえに、不毛の地を潤した石油のおかげで、ガラスと大理石と鋼鉄の高層ビルが出現し、埃にまみれて燃えたつ空に、より高くより高くのびていった。高級車の淡色フロントガラスのうしろに腰をすえているのは、かつて英国の数少ない冒険家がその誇らかな赤貧を賛美した、ベドウィンの子孫たちで、今日彼らは貧困の記憶さえ失い、巨大な街をのうのうと往来し、観光客だの、ビジネスマンだの、金融業者だの、王侯だの、奴隷だの、娼婦だのと入り交じっている。かつての静寂は、空調設備のざわざわという音にゆれうごき、昼夜をわかたず世界中の言語をひびかせる。夕刻、クレーンや広告の看板が乱立する水平線に、太陽の青白い円形がゆっくりとしずんでいく。

ホテル、会社、レストラン、ショッピングセンターの巨大な通路に軒をならべる商店、地中からでてくるこうしたすべてのものが名づけられなければならないのだ。

すべてはウソによって変貌を遂げるにちがいない。

わたしたちは、なにも語らず、なにも隠さないデルポイの神ではない。わたしたちが口にするのはただの人間の言葉だ。それは不完全に世界をあかるみにだすか、ウソのなかに埋めこむ——そこで、完成にいたる。わたしは商店主や政治家のウソの名目の技法を知っている。ありえないような道を通りぬけたあげく、けっして偶然でなかったことは承知しているが、わたしは多くを知るにいたった。強迫的で無意味な欲望が、われわれの願望の唯一のかたちになってしまったが、そうした欲望をかきたてる術《すべ》を、わたしは知った。邪悪なものすべてにかがやきをあたえる術を知った。あらゆる着想を、売りつける論拠にする術を知った。だからこそ、哲学や文学はこの世界になお存在する意義がある。わたしのように、そうしたものの「創造性」をいかにして有用なものにするかを理解した人たちをつくりだすからだ。

わたしはすべてを言うことができる。

あえて死について語ることさえできる。

死を「永遠」、「遺産」と名づける。「平穏」と名づける。聞いている人びとはもはや死を怖れない。ほほえみながら、過ぎ去っていく時間——死、世界の破壊者——を、友人のことをおもうのとおなじように考える。彼らは自分の死後に遺るような高価なものを買う、ともかくも、それは遺るにちがいないだろうが。

おわかりですか、いかんともしがたい。じつのところ、あなたがひどく苦しみながら、あなた自身から、とにかく、離れつづけていたので、わたしもあなたから離れていくしかなかった。アル・ムタナッビーのうたの詩句のように、詩人の役割が意味をなさなくなった世界において、詩人の使命に応じなければならなかったことは、少なくともわたしには一度もなかった。

あなたは問いかけていた。「強固なものはなにか？」
あなたは白いバラと、謎めいた銀の弦の音について語っていた。
あなたは書いていた、科学者は司祭でもなければならず、そして神の愛がウソをつかないと確信できる場であると。

おぼえていますか、一九五三年十一月、バイエルン芸術アカデミーの招待で、ミュンヘン工科大学の大講堂に入ったときのことを。その前年、アメリカはエニウェトク環礁で最初の水爆（熱核兵器）実験をおこない、小島のひとつを吹き飛ばした。海底にクレーターが残されただけだ。目に見えない放射線と。そして、爆弾がつくった未知の重金属が太平洋の海中に沈んでいった。あなたはきっと、驚愕と恐怖というぜいたくを感じとることのできた時代を惜しんだことだろう。すべては、嘆かわしくも容易に予見できるものになった。時の流れとともに、最悪の呪いは単調なものになっていく。

一九四五年、ファーム・ホールの庭でイギリス人が撮った写真をみると、戦争が百年もつづいたかとおもわれるほど、あなたはすでにひどく老けこんでいた。そして、一九五三年、あなたが「今日の物理学における自然の描像」と題した講演をする少し前に、なにか内輪の話でもするようにエルンスト・ユンガーのほうに身をかがめ、その幾つか前列にマルティン・ハイデッガーが満足げに微笑んでいる写真を見ると、ほんとうにあなたなのかと、戸惑いを禁じえない。当時あなたは五十一歳だが、あなたに比べるとエルンスト・ユンガーはほとんど若者にみえる。どうしてそんなことがありうるのだろう。あなたはずっと長いあいだ若いままでいることができたではないか、あくまでも若いままで。あなたの若さは消えた、一挙に消えたことをわたしは知っている。あなたがまだ暢気なボーイスカウトみたいな風貌だったときに創設に寄与した新しい物理学は、あらゆる連続した線を破砕して、薄暗い裂け目によって切り離された一連の非連続的なものにかえた。それは時間をも巻き添えにしたのかもしれない。ある朝、わたしたちは鏡のなかに仰天している視線にでくわす。わたしたちはウィルソンの霧箱のどこかに、霧を一瞬光らせる凝結した新しいしずくをおきざりにしている。その軌道らしきものをたどっていこうとしても、別人の記憶をもちはこんでいるだけであることを、わたしたちは知っている。

軌道は存在しない、おもいだしてほしい、あなたから、わたしはそれを学んだ。もしかしたら、継続性さえないのかもしれない。エルンスト・ユンガーとひとこと交わしたとたん、深いしわで窪んだあなたの顔にふいに信じがたいほど若い微笑がかがやく。そして、その刻まれたしわは、あなたの子ども時代の写真のぼんやりした影のなかに感知できるものだったのかも知れない。学生と区別できない、ライプツィヒのあの潑剌とした若い教授は、自分のなかにずっと前から棲みついている無言の老人の存在に気づき、わけもなく身を震わせ、背をこごめたかもしれない。アインシュタインが観念的な思索に没入していたとき、何を信じていたのか、おぼえていますか。すべては最初からあたえられている、巨大な宇宙、めいめいの命、われわれの微細な愛、それらが接近不可能な永遠の濃密な塊のなかに詰められていて、無限につづくレコード盤の音溝《おんこう》をたどってゆくダイヤモンドの針先のように、わたしたちの知性は連続的な流れのかたちでそこをうごきまわる。もしそうならば、あなたがエルンスト・ユンガーから離れて、ミュンヘン工科大学の満員の講堂のなかを通っていこうとしたとき、消え去ったあなたの青年の姿をどこかに漂わせていたことだろう。翌日、さらにひどい混雑のなかで、「技術の問題」について講演することになっていたマルティン・ハイデッガーは、あなたが聴衆をかきわけながら演壇にむかって進むのを微妙な優越感でもってみつめていたことだろう。聴衆は通路にはみだす。ミュンヘンの学生たちは、ドイツ連邦のいたるところからやってきた人びとに礼儀正しく場所を譲ったりはしない。だれも安全の指示にしたがわない。演壇にむかうあなたの周囲はものすごく知的な熱気につつまれていて、あなたはきっと蘇ったアテナイにもどったようなおもいに駆られたかもしれない。でも、あなたはそんなことはないことを知っている。

かつてあなたは問いかけていた。「強固なものはなにか？」ほとんど聞き取れない銀の弦の音、あなたはそう答えていた。

いま、あなたは言う。

「技術は今日すでに、物質的な力をたかめるための人間の意識的な努力の産物というかたちはほとんどとらない。むしろ、規模の大きい生物的現象のかたちをとり、その過程で人体の内的構造はますます人間をとりまく環境のなかにとりこまれる。したがって生物的過程そのものがその性質自体からして人間の制御から脱している。というのも《人間は自分の望むことをできるとしても、自分のしたいことを望むことができないからだ》」

わたしはあなたから去っていない、ほら、二〇〇九年九月のある夜、最後に空港に向かってシェイク・ザーイド・ロードを走るタクシーの中にいるわたしの耳にまで、あなたの言葉は届いている。パーキングのオレンジがかった灯火の下で、薄汚れた格子柄のシャツを着たインド人が汗まみれでクリケットの試合をしている。世界一の超高層ビルが巨大な聖堂の尖塔のようにそそりたっている——いや、あなたのいうとおりだ。高層ビルはおそるべき食肉植物のように立ち、砂漠の砂のなかに根を深くはっていて、街ぜんたいが巨大な有機体で、冷酷にして原始的な新しい生命力をやどし、人間が、唐突にあらわれる突起や、脈絡のない欲望や、無意味なぜいたくや、感染や、癌や腐敗とともにやどしている生命と、あらゆる点で類似している。欠けているものはひとつもない、血液さえ欠けていない。街ぜんたいが血でもって固められ、いまなお血を養分としているからだ。インド人の血、パキスタン人の血、バングラデシュの血、ネパールの血、スリランカの血、そうしたすべての無名の血がたえまなく鋼鉄の血管をはしり、街を増大させ、人びとが同意しようと反抗しようと動じることなく、彼らを無力な孤独へと追いやっている。
建設中のドバイマリーナの超高層ビルは、むきだしの内臓を灼熱の太陽にさらしている。何週間も前からクレーンは動きをとめている。労働者たちはうずくまって、支給されないこれっぽっちの給料を無言で待ちつづけていて、ペルシア湾の対岸では、彼らの顔さえわすれてしまった母親たちが罵詈雑言をなげつけている。病《やまい》は、世界という巨体の触診できない網目をつたって、つぎからつぎへと金融市場にひろがっていき、ここまでやってきた。ゆっくりした麻痺が、瀕死の獣のようにあえぐ街の生命器官をおかしていく。まだ生まれるか生まれないかのときに、すでに死にたえようとしている。生と死の無秩序な過程が、制御不可能な力をこれほど完璧に現出させたことは、これまでどこにもなかったし、これほどおそるべき速度で展開したこともなかった。あなたならきっとおどろかないだろう。非常に短いあいだにほとんど無限のエネルギーが虚無から噴きだして戻ってくることを、あなたは知っている。

神の愛がウソをつかない場所が存在する、とあなたは書いていた。

けれど、いまあなたは、ミュンヘン工科大学で静かに耳をかたむける聴衆にむかって、この愛のかわりに、人間は人間自身にしか出合わないと語っている。わたしたちの器官の奇妙な突出物はあらがいがたく世界に蔓延した。世界をかえた。その肉はガラスと金属からできている。長い銅の神経が、コンクリートのなかを通る管の暗がりのなかで蛇行している。ごみ焼却炉は、砂漠をとおってくるトラックのはてしない列が昼となく夜となく吐き出す残骸を消化する。脱水症で力つきはてた労働者は、毒素のように除去される。監視カメラの冷徹な目が閉じることはない。血はつねに血のままだ。

空港にむかう途中で、まだほんとうに若いタクシーの運転手が、とつぜんわたしのほうを振り返り、懇願するような声で、この大きすぎる都市がいつも怖くてたまらないと打明ける。

運転手はネパールからきたばかりだ。

家族が恋しい。

こんなに孤独感をあじわうとはおもっていなかった。

わたしは、ヘッドホンをつけ、流れていく高層ビルの行列をながめながら、デペッシュ・モードに二十歳の時分のように聴き入る。運転手は話すのをやめる。自分自身にしか出会うことのなくなった人間を孤独から救いだすことはできない。そのとおりだ。わたしたちの延長であり、わたしたちを映しだす、この世界は、かつての野生の自然よりはるかに恐ろしく、はるかに異様で、はるかに情け容赦なく、わたしにはどうにもできない。

あなたは、科学者は司祭にもならなければならないと書いていた。

けれど、科学者のおかした罪がそうなることを禁じているのを、あなたはずっと以前から知っている。科学者はすでに自分がなにになるかを選ぶことができない——エンジニアや技術者になるのか、召使になって、わたしたちすべてが傲慢さのさもしいマスクで自分の弱さを隠して、われさきに従っているのとおなじように、無情な声の至上命令にだまって従うのか。わたしたちの創造性、反抗、騒々しい不遜、それらすべては、かつてなかったほどの服従のみじめな症状にすぎない。ヘルゴラント島は遠い、まばゆい美しさ。デンマークの古城。花咲くゲッティンゲンの春。青年時代と信念。あなたはどれほどのものを失ったことか。あなたは神の肩ごしに見ることにときおり歓びを感じていたことを、妻エリザベートに打明ける。ふたたびアクロポリスの下で、ニールス・ボーアと肩をならべる。

ヴォルフガング・パウリと手紙をやりとりする。けれど、戦争が壊してしまったものは修復されえない。そして、あなたとアインシュタインとの論争はもう誰の興味もひかない。論争は実践的な結果を少しものこさず、それは、今日では、ただ無にひとしいことを意味する。あなたはおもいをはせるたびに郷愁に駆られずにはいられず、だがいっぽう、ミュンヘン工科大学の聴衆を前にして、あなたは、生物的プロセスの危険性、進歩への情熱という外観をもつがゆえの高い危険性に触れ、そこからのがれる可能性について語っているが、わたしは、自分の生年月日からくる優越性の高みに立っているので、わたしたちが危険から逃れられないことを知っているし、ハイデッガーが不可解な仰仰しさでヘルダーリンを引き合いにだし、熱狂する学生の拍手をあびていても、逃れられないだろう。このプロセスは、想像もつかない結末までいきつき、その専制的な成長は有無をいわせぬ威力でもってすべてを支配下におき、なにひとつ見逃さず、一九二〇年のあの日、敵意をむきだしにして、あなたに猛然とほえかかったパグ犬とともに、純粋さをおびやかすあなたに数学の殿堂への接近を禁じたフォン・リンデマン教授でさえ、いまシティの仕事場で、人間の知性では想像することもできないスピードで無謬のアルゴリズムが世界中の金融市場の売買を決定するのを見たとすれば、数学者もまた罪をおかしていることを、深い失望とともに認めたことだろう。

しかし、市場はひとつの金融センターからもうひとつの金融センターへと崩壊していき、ペルシア湾岸まで達した。アルゴリズムの立案者たちは、無力と狼狽におののく。まもなく、シェイク・ザーイド・ロード沿いに屹立する高層ビルも、世界一の超高層ビルさえも、砂漠の砂のなすがままになり、その腐食した金属のきつい臭いを風がイランまではこんでいくだろう。高層ビルの崩壊は、その誕生よりもはるかに緩慢なものになるだろう。潮に蝕まれたミイラのような骸骨を長期にわたって海にさらしながら、そびえたっていることだろう。自分たちのつかの間の存在の秘密をみぬけない人間にとっては、不安をただよわせる魅惑の対象となるかもしれない。名づけることができうるものを待ちつづけても、地中からは何も出てこないだろう。

数ヶ月で、わたしの仕事はほとんどゼロになった。電話は鳴らなくなった。習慣からメールをチェックしてみる。まもなく、従業員の賃金を支払えなくなり、借金の返済もできなくなるだろう。まもなく、ウソをつく技巧も用をなさなくなる。ここでは、破産の対処法は監獄しかない。金持ちがまず逃げだす、わたし自身が逃げだしているように。つぎは、フィリピン人の家政婦たち、ロシア人やナイジェリア人の娼婦たち。労働者は、他の土地にいき、餓えと渇きと絶望で、そして貧しい人たちを打ちのめすあらゆることで、死んでいくだろう。わたしはたぶん懐かしくおもいだすだろう、ジュメイラ・ビーチにつづくリビングルームの大きなガラス窓や、ついに言葉をかけることができなかったアバーヤをまとった若い女性たちを。自分のフォードアセダン車の赤いレザーシートを。そのつやつやした車体を、ショッピングセンターの地下の駐車場でパキスタン人の洗車係が汗だくになりながら、ラクダの皮で細心の注意をはらって拭いていたことも。タクシーが空港に着くと、わたしは、もう必要のなくなった現金をぜんぶ運転手に手渡す。

運転手は感動をこめてわたしの手をにぎる。

いまにも泣きだしそうだ。

ほんとうに若い、まだ十九歳くらいだろう。

自分の言葉でなにかつぶやいている、罵りの言葉なのか　謝意なのか。

感謝のほうが憎しみより耐えがたい。

結局のところ、わたしはきっと何も後悔しないだろう。わたしは機内に持ちこむ手荷物以外、なにも持っていない。ヨーロッパに短い出張旅行をすることになっている。警戒心からそうしただけではない。無用な過去のものをいっぱいかかえこんで、何になるのか。

生活を半分だけ変えることなどできるまい。わたしのアパルトマンの衣装戸棚には衣類がぎっしり詰まっているが、もう自分のものではないのだから、カビが生えるままにしておけばいい。ファーストクラス乗客用のラウンジで、接待係の女性がわたしに微笑みかける。そこにわたしは、この生活の終焉への心やさしい敬意、霧箱のなかでぽつんと光るきらめきを見る。この生活もまた輪郭がぼやけていき、可能と現実のはざまで、繋がるものがなにもないまま、混沌状態に没した他の生活の亡霊たちに合流するだろう。わたしはたぶん幼稚でうぬぼれの強い学生であったし、自分でも理解できないつまらない争いの迷路に入りこんだ青年であったのだろうが、その人たちはもう自分にとって無にひとしく、親近感をおぼえない、あなたをファーム・ホールに忍耐づよく受け入れ、あなたの子どもっぽさをあざ笑っていた英国の大尉とかわりない。まもなく、ファーストクラスのラウンジで微笑みながらシャンパンを飲んでいる自分が、夢をみるように、他人に見えてくるだろう。

あなたは問いかけていた。「強固なものはなにか？」

あなたは白いバラ、それに、ほとんど聞きとれない銀の弦の音だと答え、わたしはおぼえているが、あなたの言いたいことが理解できた。あなたの言うとおりだとおもい、ある意味では、じつのところ、いまでもそうおもっている。わたしは、あなた自身と同じように、かつて、いまの自分とは異なるいろいろな人間だったし、その人たちには何の負い目もないので、いまや切れ切れになった時間を通り抜けて、かつて強く望んでいたように、自由にあなたと合流できる。あなたが北海を前にしてヘルゴラント島であじわっていた至福のときを、わたしは乱したくないし、ニールス・ボーアとのへとへとになるような議論のじゃまもしたくないし、不確定性原理があなたを待ちうけている霧箱から、あなたの孤児の目をそらしたくもない、そうではなく、一九四五年、戦争の爆音がやんで、銀の弦の澄んだ微かな音がふたたび聞きとれるようになったとき、ウルフェルトでヴァルヒェン湖を前にしているあなたの傍に行きたい。

あなたは、家族に会うために自転車で変わりはてたドイツを通りぬけてきたところだった。ナチスの親衛隊や、年端もいかない子どもたちや、凍てついた木々や、首吊りにされた遺体にでくわした。

わたしはアルソス調査団のアメリカ兵だ。

自分自身の名さえ知らない。知っていることは、ただ、すでに世界の中心でなくなった廃墟の大陸で死の影を長いあいだ進みつづけたことだ。屍があるいているのを見た。腐敗のにおい、肉のにおい、べとつく血と油の溜まりにはまって腹に穴のあいた戦車のエンジンのにおいが、まだ鼻腔にこびりついている。そして、わたしは、いま、あなたの傍に立ち、凍てつく太陽に照らされた空のしたで、雪をかぶった山裾を洗う見知らぬ湖を目の前にしている。

あなたは敵の科学者でしかなく、われわれ諜報機関の最大の関心事は、あなたの研究だが、それはわたしには理解できないものだろう。

あなたは疲れきった顔に微笑みをうかべ、わたしの傍に腰かけている。

あなたがまだ四十三歳だとはとても信じられない。

なにがあなたをそこまで老けこませたのかは知らない。

わたしには、どうでもいいことにはちがいないが。

すると、あなたはこちらを向き、信じられないほど親しげに、意表をつくような質問をする。

どうおもいますか、われわれの湖とわれわれの山を？

驚愕と冷ややかな怒りがわたしをとらえてもよかったはずだ。あなたにそんな質問をする権利があるのか、いまのあなたに、乱暴にそう答えてもよかったはずだし、または、軽蔑をこめてそっぽを向き、あなたの無自覚を放っておいてもよかったはずだ。わたしは暴力的な動作はおそらくこらえたことだろう。けれど、あなたのほうに身をかがめ、おそろしく無防備な信頼感にかがやくあなたの顔を見ると、腹をたてることができなくなる。

あなたは永遠の青年の微笑でほほえんでいる。

あなたの湖とあなたの山を見て、もういちどあなたを見る。聞こえてくるのは、たぶん、ひどく長いあいだ、うなり声や泣き声や爆音にかき消されていた音、遠い甘美な響き、バイオリンが独奏する不滅のシャコンヌのしらべで、それは一度もやんだことのないものだったのだ。そして、あなたの質問は場違いでも、ばかげたものでもないことを知る。どうして、わたしがあなたの敵でありうるだろう。

あなたはふたたび力をこめて訊く。

どうかごらんになっておっしゃってください。これほど美しいものをこれまで見たことがありますか？

わたしは、神の愛がウソをつくことを不可能にしている場で、ようやくあなたに合流したので、片手をあなたの肩におき、こんどはわたしのほうが微笑んで答える。

見たことはありません。
ほんとうに。
これまで、これほど美しいものは、一度も見たことがありません。

著者覚書

この小説の歴史的側面についての素材として、私がとくに使用したのは、ヴェルナー・ハイゼンベルクの自叙伝『部分と全体』、さらに、一九九〇年、ブラン社から出版されたエリザベート・ハイゼンベルクの証言（邦題「ハイゼンベルクの追憶」）である。また、きわめて強固な資料的裏づけにもとづいて書かれたトマス・パワーズの著作『ハイゼンベルクの謎』（原題「ハイゼンベルクの戦争」）をもちいた。

第三部「エネルギー」において典拠としたのは、一九四五年七月から十二月までのファーム・ホールにおける盗聴記録である。この記録は一九九三年に公開され、一九九四年、ヴァンサン・フルリによるフランス語訳がフラマリオン社から出版された。

ドイツにおいても、さまざまな貴重な参考資料を見つけることができた。

どんなときも私のために時間をさいてくれたクリスティアン・ルチスカ、そして、父親について私に語ることを受けいれてくれたマルティン・ハイゼンベルクに対しても感謝の意を表したい。

マンハイム大学ロマンス語文学科のコルネリア・ルーエ教授には、お礼の言葉もないほどお世話になった。彼女は私のために、フランスでは未発表のハイゼンベルクの書簡を、飽くことのない包容力でもって翻訳してくれた。コルネリア・ルーエ、そして、ベルント、オスカー、マティルダに、ライン川の対岸から友情を送る。感謝と親愛の念をこめて、この小説をコルネリア・ルーエにささげる。

訳注（該当ページの本文には＊を振ってある）

（11ページ）

エルンスト・ユンガー　第一次世界大戦が始まると、ハノーファーの歩兵連隊に志願し、ソンムの戦い、ヴェルダンの戦いから、ほとんどの戦闘に参加、たびたび負傷する。苛烈な戦闘体験を『鋼鉄の嵐の中で』『火と血』『内的体験としての戦闘』などに書き記した。ナチスとは距離を置き、第二次世界大戦に大尉として召集されたが、パリのドイツ軍司令部で私信検閲の任につくかたわら、フランスの作家・知識人と交流した。その間の『パリ日記』は日本語訳がある。

（19ページ）

プランク定数（h）　量子現象のスケールにかかわる基本定数。その値は 6.626×10^{-34} ジュール秒。

（21ページ）

パウリとユング　一九三二年、精神的に落ち込んでいたパウリがユングの精神分析に助けをもとめ、やがて患者と医師という関係から、「物理学と無意識の心理学のあいだにある無人地帯」（ユング）に協同して足を踏み入れるようになった。共著に『自然現象と心の構造』がある。二人の往復書簡が後に公刊され、アーサー・I・ミラー『137　物理学者パウリの錬金術・数秘術・ユング心理学をめぐる生涯』という伝記もある。
（29ページ）

霧箱　一八九七年ごろ、C・T・R・ウィルソンによって発明された装置。飽和した蒸気を入れた箱を通過する荷電粒子の飛跡を検出する。
（85ページ）

エルンステル・ユンガー　エルンスト・ユンガーの長男。ヒトラーに対する暴言により逮捕されるが、父親が高名な軍人だったため処刑はまぬがれた。しかし強制的に歩兵隊に入れられ、一九四四年十一月二十九日にカッラーラ山中で戦死。父親に宛てた最後の手紙には『パルムの僧院』を読んでいるところだと書いてあった。
（102ページ）

オッペンハイマーの詩的言辞　“Now I am become Death, the destroyer of worlds.”（ヴィシュヌ神のバガヴァッド・ギータより）

訳者あとがき

ゴンクール賞受賞作家にとって、試金石となるのは受賞の次作だといわれる。すでに確固とした名声をもつ作家が受賞することもあるが、多くの場合、ゴンクール賞は、さほど名が知られていなかった作家を一挙に世に知らしめる。いきおい、次作への関心が高まる。ポスト・ゴンクールの作品が、読者や文壇の期待を裏切るようなものであることは許されないのだ。受賞作家は非常に大きなプレッシャーのなかで、次作にとりくむという。

『ローマ陥落についての説教』で二〇一二年にゴンクール賞を受賞したジェローム・フェラーリの場合は、少々事情が異なっていた。彼には二十年以上前から、興味をいだいていた人物像があった。ドイツの物理学者ヴェルナー・ハイゼンベルクである。二十代で不確定性原理を発見し、若くしてノーベル物理学賞を受賞、第二次世界大戦をナチス支配下のドイツで生きた。ジェローム・フェラーリにとって、ゴンクール賞受賞は、長年自分のなかではぐくんできたテーマを一冊の小説のかたちで表現する機会をあたえてくれた。

そして書きあげたのが、本書『原理』である。四つのパートからなり、それぞれ、「位置」、「速度」、「エネルギー」、「時間」というタイトルがつけられていて、いずれも、ハイゼンベルクの理論を示唆する語であることは、説明するまでもないだろう。

「この小説に書いたことは、すべて、実際におこったこと、実際に語られ、書かれたことで、まったく粉飾は加えていません」、ジェローム・フェラーリは、文芸記者たちからインタビューをうけるたびに、そう語っている。

これはいわゆる評伝ではない。血肉をそなえたハイゼンベルクの人間像をえがきあげるために、著者は架空の語り手を登場させる。語り手には名前があたえられていないが、現代に生きる人で、何十年もの時空を越えて、「あなた」という二人称で、ハイゼンベルクに語りかけていく。

一九二〇年代、原子物理学界では、それまで不動のものとされてきた古典物理学の理論と相反する現象がつぎつぎにあらわれ、物理学者たちは盛んな論争を展開していた。そこに決定的な一石を投じたのが、当時まだ二十三歳だったハイゼンベルクの不確定性原理の発見だった。けれど、当初この発見は物理学者たちを納得させることができず、アインシュタインやシュレーディンガーなどの強い抵抗にあい、彼らの論争はますます熱をおびる。

本書はこの論争をとおして、これら非凡な知性の持ち主たちのきわめて人間的な顔をうかびあがらせる。朝食のテーブルであれ、浴室のドアごしであれ、シュレーディンガーに一日じゅう論争を挑むニールス・ボーアの執拗さは、どこかユーモラスだ。ボーアの容赦ない追及をうけて、とうとうすすり泣くハイゼンベルクは、厳しい父親に反抗する息子をおもわせる。ハイゼンベルクの若い無謀さには深い孤独がにじんでいる。ヴォルフガング・パウリとハイゼンベルクは正反対の性格をもちながら、ふしぎな友情でむすばれている。アインシュタインはあくまでも不確定性原理を拒否し、どんなに時間がかかろうと、疲労困憊しようと、議論をやめない。その一徹さはむしろ好感をいだかせる。

国境も民族も世代の相違も超えて、これらの物理学者たちは精神の共同体を形成していた。どんなに激しい論争の渦中にあっても、その根底には信頼感と敬意があり、彼らは世界市民だった。

だが、ドイツにおけるナチスの台頭とヒトラー政権の成立により、科学者たちの共同体は脆くも崩れ去る。ユダヤ系の科学者は亡命を余儀なくされ、ユダヤ系でなくても、すぐれた科学者の多くがドイツを去る。ハイゼンベルクは苦悩したあげく、マックス・プランクの助言にしたがって、ドイツにとどまる決心をする。しかし、そのことによって、それまで培ってきた世界の研究者仲間との絆をすべて失い、彼が生きてきた世界は一挙に消えうせる。かつて同僚や友人だった人たちの目に映るハイゼンベルクは、もはや恐るべき第三帝国を代表する科学者でしかない。

核分裂の発見は、大量破壊兵器製造の見通しを生みだし、原子物理学は国家機密に属するものになり、同じ陣営にいる科学者たちをも引き裂いていく。こうしていきつくのが、ヒロシマへの原爆投下だ。「彼らは、一挙に、全員そろって転落した」のである。


語り手の立ち位置はいつもおなじではない。はっきり言えることとして、語り手がハイゼンベルクに語りかけるのは、精神的苦境にあるときや、内的葛藤をかかえているときや、周囲の世界が激変しているときだ。

語り手がはじめてハイゼンベルクに出会うのは、一九八九年。卒業をひかえた最後の口頭試問で、不確定性原理が出題され、一度もその授業に出席したことがない語り手は、ひどい屈辱感をあじわわされる。それ以後、ハイゼンベルクの著作を肌身はなさず持ちあるく。一九八九年はベルリンの壁崩壊の年である。ベルリンの壁は「永遠に存在するように」みえていたが、「不可能がとほうもない単純さでもって現実になった」。

一九三三年、ドイツにとどまるかどうか苦悩するハイゼンベルクに語りかけるとき、語り手は、一九九五年、ある海辺の土地にいる。そこは、何かよくわからない紛争の渦中にあり、殺傷事件にまで発展している。

第四部「時間」は、ペルシャ湾岸の都市で、二〇〇九年、金融恐慌のあおりで事業が倒産した語り手が、その地から脱出しようとしている。

そんなふうにして、現代と過去とが交錯し、ハイゼンベルクの希望や苦悩と、現代の希望や苦悩とが呼応しあう。最終パートは、一見主題から遠ざかっているようにみえるが、人間の制御を越えた進歩の暴走という意味で、ヒロシマと直結する。金融危機はまたたくまに砂漠の地を席捲した。「生と死の無秩序な過程」が、これほど強烈な速度で進行したことはかつてなかった。

時代の大きなうごきに引きずり込まれていく人間の姿には、悲劇的なものを感じないではいられない。しかし、戦争が終り、爆音が消えた美しい山あいの湖のほとりで、語り手が、ようやくハイゼンベルクに合流するところで、小説が終っているのには、少しほっとさせられる。

ドイツの物理学者ハイゼンベルクと、一九六八年生まれのコルシカ島出身のフランスの作家にとのあいだにどんな関係性が存在するのだろうか。地元コルシカの新聞のインタビューに対して、著者が語っていることを簡潔に紹介しよう。

――ハイゼンベルクをテーマにしたのはなぜか。

量子力学と出会ったのは、哲学科の学生だったときで、それ以来ずっと関心をもちつづけている。最初の作品『アレフ・ゼロ』(二〇〇二年)ですでに量子力学をあつかった。とくにハイゼンベルクには興味があって、彼の著作で、フランスで入手できるものはぜんぶ読んでいた。

けれど、ハイゼンベルクについて書くには、実際にドイツに行き、その土地や空気にないじむ必要があった。外国人を主人公にするとき、いちばん警戒しなければならないのは、自分たちがその国の人たちに対してもっている先入観を、気づかないうちに忍び込ませてしまうことだ。それを避けるために、私の著作のドイツ語版の出版者でもあり、翻訳者でもある人に手稿を見せて、チェックしてもらった。

――量子力学に対する関心はどこからくるのか。

言葉にならないものを表現しなければならないという面において、詩と科学のある側面とには、つねに明白な関連性があると、私は思っている。当時、量子力学の分野で研究していた科学者たちが直面していたのは、われわれ人間の感覚ではとらえられない現実をあらわす言葉や描像をつくりだすことだった。それこそ、まさしく文学の問題だ。

――ハイゼンベルクがナチス政権の時代に演じた役割については、異なった見解が対立

している。あなたがハイゼンベルクについて書こうとおもった動機のなかに、この問題も含まれていたか。

当初の動機には、まったく含まれていなかった。私の関心の中心はあくまでも彼の理論的研究だった。しかし、彼が第二次大戦で果たした役割は謎めいていて、当然、その点にも興味をもった。

――ナチスの時代のハイゼンベルクについてどう思うか。

ハイゼンベルクには自分を責めなければならないようなものは何もない。私は、ハイゼンベルクがヒトラーに原子爆弾をあたえようとしていたとは、まったく思っていない。彼が、一九三三年にドイツにとどまるという決断をしたことは、きわめてまずい選択だった。それを今の時点で言うのは簡単だ。彼にそうせざるをえなくさせた理由は、私には理解できるし、そこには恥じなければならないようなものはない。自分の国に対する愛着と、そこで進行している政治の恐怖とのはざまで、どれほど精神的な苦しみをあじわったかも、想像できる。ハイゼンベルクをもっとも激しく批難する人たちでさえ、誰もハイゼンベルクが反ユダヤ主義者だったとは言っていない。

――これまでのあなたの本には、かならずコルシカ島がでてきた。けれど、この小説にはコルシカ島が出てこない。全国的な作家になったことで、コルシカからの文学的自立の

一歩をふみだしたのか。

とんでもない。あいかわらずコルシカ離れができずにいる。一九二〇年から一九四六年のドイツについて語る小説においてさえ、コルシカを登場させずにはいられなかった。

第三部「エネルギー」で、著者が拠り所にしているのは、一九四五年七月三日から一九四六年一月三日まで、イギリスのファーム・ホール（ケンブリッジに近いゴッドマンチェスターにある）に抑留されていた、ハイゼンベルクを含むドイツ人科学者の盗聴記録である。五十年近く機密文書とされてきたが、一九九二年に機密解除がなされ、公開が決定された。「機密文書」といっても、部分的に関係者の著作などに引用されていて、盗聴記録の存在自体はかなりはやくから知られていた。

ひとつ強調しておきたいが、この公開は正式な手続きをふまえたもので、「暴露的」要素はまったくない。王立協会による記録公開を要請する書簡のコピーも添えられていて、抑留されていた十人のドイツ人科学者のうち、四人が存命しているが、すでに高齢で、彼らの存命中に公開したいこと、四人とも公開に同意していることが、記されている。

こうして、一九九三年に出版されたのが、『イプシロン作戦　ファーム・ホール記録』（*Operation Epsilon, The Farm Hall Transcripts*, University of California Press, Berkeley,

Los Angeles, Oxford）である。最初のページを飾るファーム・ホールの見事なデッサンは、存命者のひとり、エーリヒ・バッゲが提供したものである。公開はかつての敵同士の和解を象徴するものなのだ。

盗聴記録には、注釈や解説のたぐいは一切つけくわえられていない。歴史的資料の価値を保つため、タイプミスも修正されていない。

序文を書いているチャールズ・フランク（一九一一—九八年）は、イギリスの著名な物理学者で、大戦中は諜報員として活躍し、ファーム・ホールを訪問して、ドイツ人科学者たちと話し合った。作戦に全体として直接かかわり、一九九二年当時存命していた唯一の人物だ。

序文に、つぎのような記述が見られる。「一九四四年十一月までに収集された証拠は、ドイツには製造中の原子爆弾は存在しないことをゴーズミットに納得させるのに十分なものだったが、多くの人たちは、とくにアメリカにおいてだが、それを信じようとしなかったので、調査団は、少なくとも諜報を目的として、活動を続行した。」

逮捕した十人の科学者をどう扱うかについては、アメリカ側とイギリス側の上層部で、いろいろな議論があった。全員の銃殺を提案したアメリカの将官もいた。このときすでにアメリカでは、二種類の原子爆弾の準備がほぼ完了していた。十人は一時フランスに抑留されていたが、フランスも核開発に興味をしめしていたので、フランスにとどめておくわけにはいかず、R・V・ジョーンズの提案で、イギリス諜報機関の所有地であるファーム・ホールが選ばれた。盗聴器設置を示唆したのもこの人物だった。

『イプシロン作戦　ファーム・ホール記録』は日本語には翻訳されていないが、原書は国立国会図書館に所蔵されている。オンラインでも読むことができる。

同じ年に、ジェレミー・バーンスタインは、盗聴記録にきわめて多数の注釈や解説をくわえて『ヒトラーのウラニウム・クラブ、ファーム・ホールにおける秘密の録音』と題した著作をあらわしている。

やはり同じ年に出された、盗聴記録をふまえたうえで書かれた力作としてあげておきたいのは、トマス・パワーズ『ハイゼンベルクの戦争——ドイツの爆弾の隠された歴史』（邦題「なぜ、ナチスは原爆製造に失敗したか」）である。読み物としても面白い作品だが、残念なことに、原書にある膨大な参考文献が訳書ではすべて削除されている。もちろん、それで読み物としての質が低下するわけではないし、参考文献に目を通す読者はごく少数にすぎないだろう。しかし、参考文献が削除されると、その著作が典拠しているものが検証不可能になり、作品の歴史的、資料的価値は失われる。日本の出版界では当たり前のようにまかり通っていることだが、この紙面を借りて、出版者のみなさんに対し、この点について再考されるよう心からお願いしたい。

翻訳者が著者と連絡をとるのは、著作のなかに疑問点がある場合だが、ときには著者とのメールのやりとりをつうじて、新たな発見をすることもある。ジェローム・フェラーリのケースが、まさにそうだった。

彼は、この作品を書くために、ドイツに足をはこび、ハイゼンベルクの手稿や、手帳を解読し、未発表の私信を読み、子息のマルティン・ハイゼンベルクにインタビューをおこなったと語っている。けれど、彼がきわめて細かい点についてまで、徹底的に調べあげていることを私が実感したのは、こちらの質問に対する彼の返信を通じてだった。

たとえば、本書に頻繁に出てくる「白いバラ」、「銀の弦」といった、謎めいた言葉は、わたしには、ハイゼンベルクというよりは、むしろ著者自身の言葉のようにおもえていた。けれど、著者に質問してみて、これらはすべて、ハイゼンベルクが戦争中に密かに書いていた手稿にしるされていた語だということがわかった。白いバラは、詩の文句で、同時に反ナチス・レジスタンスを暗示する語でもあった。本書には、戦争中のハイゼンベルクが、ときおり、少々神秘的な筆致でえがかれている個所があるが、そうしたものは、著者が彼の手稿から読みとったものであることも理解できた。

ちょっと愉快な発見もあった。ハイゼンベルクがディラックとともに来日したとき（一九二九年）、テラスの柱にとびのって、ポケットに両手をつっこんで立っていた、といった内容の一文があるが、どんな建物のどんな柱なのか、想像もつかなかったので、訊いてみたところ、一枚の写真が送られてきた。ハイゼンベルクが露台の角柱らしきもの上に立っていて、左側にはディラック、右側には一人の日本人（たぶん研究者）が写っている。確かにポケットに手をつっこんでいる。著者によれば、ディラックは、ハイゼンベルクが転落するのではないかとはらはらした、と回想しているという。原書の表紙を飾っているハイゼンベルクの写真は、これを切り取ったものであることは、すぐに分かった。角柱の形からして、どこかの寺院らしいが、その場所を特定することはできなかった。

訊きたくても、質問するのがためらわれたものもあった。一九九五年に語り手が住む海辺の土地で起こっている出来事である。それがコルシカ島であることは、容易に想像できた。けれど、どんな出来事なのか、まったくわからない。著者が伏せていることを訊きだすなどという無粋なことはしたくないが、どうしても知りたかった。そして、とうとう見つけた。一九九五年九月二日付の『リベラシオン』紙に、コルシカ民族運動の内紛が報じられている。死者までだした暴力的抗争の状況は、その時期まで含めて、本著で語られていることと、ぴったり重なり合う。

作家が徹底的な調査をもとにして作品を書くこと自体は、とくに驚くようなことではない。そういう小説家はめずらしくないし、とくに、ノンフィクション作家はつねにそうしている。けれど、ジェローム・フェラーリは、きわめて凝縮された抽象的な表現や、暗示的な表象をもちい、ときには言葉をぎりぎりまで節約する作家で、その文章はほとんど調査の跡をとどめていない。主人公は科学者だが、科学用語はほとんど使われていない。ジェローム・フェラーリは、頭のなかでイメージを構築していくタイプの作家だとばかり、私はおもっていた。

彼がどこかの雑誌（あるいは新聞）で、ひとりでに言葉がわきあがってくるという作家もいるが、自分はそうではない。言葉はひとりでに出てこないので、探しにいかなければならない、と言っていたのを記憶しているが、その意味がよく分かるような気がする。少なくとも、私にとっては、はじめて出会うタイプの作家だった。

ジェローム・フェラーリはコルシカ文学のフランス語への翻訳もおこなっている。パリ大学で哲学を修めた後、哲学の教師となり、創作活動に入ってからも教師をつづけている。教師として、アルジェリアやアラブ首長国連邦など、いろいろな国をわたりあるいた。その理由をたずねてみたところ、「異文化に対する好奇心からで、住んでみてはじめてその国の文化が理解できる。けれど、いちばん長い年月をすごしたのはコルシカで、いまもコルシカにいる」という返事がもどってきた。さらに二〇一七年に彼が出版したエッセー集『何かが起こっている』では、言葉と現実の乖離、不寛容の普遍化、ＳＮＳの専横などを特徴とする現代社会の根源的変化を描き、ハンナ・アーレントやシモーヌ・ヴェイユの著述に典拠とすべきものを模索している。

翻訳者にとって、一冊の本の翻訳はひとつの出会いだ。その本とは、通常の読書よりはるかに密度の高いつきあいをする。そして、最後の校正を終えたときが、別れの瞬間だ。その後は、その本のことはできるかぎりはやく忘れたほうがよい。そうでなければ、新しい出会いに真剣にとりくむことができなくなる。

私は一般的には、訳書に長いあとがきを書くのがあまり好きではなく、訳注も最小限にとどめる方だが、今回はなぜか、つい長々とあとがきを書いてしまった。だが、本書との別れのときが迫っている。

私の質問にいつも暖かく答えてくださったジェローム・フェラーリさん、そして、つねにもまして編集に腕をふるってくださった、みすず書房編集部の尾方邦雄さん、ほんとうにありがとうございました。

辻　由美

本書の人物（登場順。ドイツの物理学者は生没年のみ記載）

位置

ヴェルナー・カール・ハイゼンベルク（1901-1976）
アウグスト・ハイゼンベルク　ヴェルナーの父
エルンスト・ユンガー（1895-1998）ドイツの作家・思想家
フェルディナント・フォン・リンデマン（1852-1939）ドイツの数学者
フランツ・フォン・エップ（1868-1947）ドイツの軍人・政治家
ニールス・ボーア（1885-1962）デンマークの理論物理学者
アルノルト・ゾンマーフェルト（1868-1951）
マックス・プランク（1858-1947）
アーネスト・ラザフォード（1871-1937）ニュージーランド出身、イギリスの物理学者
ヴォルフガング・パウリ（1900-1958）オーストリア生まれ、スイスの物理学者
カール・グスタフ・ユング（1875-1961）スイスの精神科医・心理学者
アルベルト・アインシュタイン（1879-1955）
エルヴィン・シュレーディンガー（1887-1961）オーストリア出身の理論物理学者
ルイ・ド・ブロイ（ブロイ公爵）（1892-1987）フランスの理論物理学者
マリ・キューリー（1867-1934）ポーランド出身の物理学者
ポール・ディラック（1902-1984）イギリスの理論物理学者
カール・フリードリヒ・フォン・ヴァイツゼッカー（1912-2007）

アーデルハイト・フォン・ヴァイツゼッカー　カール・フリードリヒの妹

速度

エリザベート・シューマッハー（1914-1998）ハイゼンベルクの妻になる
フィリップ・レーナルト（1862-1947）
ヨハネス・シュタルク（1874-1957）
ハインリヒ・ヒムラー（1900-1945）ドイツの政治家
ラインハルト・ハイドリヒ（1904-1942）ドイツの政治家・軍人
オットー・ハーン（1879-1968）
マグレーデ・ボーア　ニールスの妻
アルベルト・シュペーア（1905-1981）ドイツの建築家・政治家
ハンス・ハインリヒ・オイラー　ハイゼンベルクの弟子
クルト・ヴォルフ（1895-1917）第一次大戦でドイツの撃墜王
ワシーリー・グロスマン（1905-1964）ソ連の作家・ジャーナリスト
エルンステル・ユンガー　エルンストの長男
フーベルト・シャルディン（1902-1965）ドイツの弾道学者
ボリス・パッシュ（1900-1995）アメリカの軍人
サミュエル・ゴーズミット（1902-1978）アメリカの物理学者
アドルフ・ヒトラー（1889-1945）オーストリアとドイツの政治家・軍人
マグダ・ゲッベルス（1901-1945）ヨーゼフ・ゲッベルスの妻

エネルギー

ロバート・オッペンハイマー（1904-1967）アメリカの物理学者
マックス・フォン・ラウエ（1879-1960）

ヴァルター・ゲルラッハ（1889-1979）
パウル・ハルテック（1902-1985）
カール・ヴィルツ（1910-1994）
クルト・ディープナー（1905-1964）
エーリヒ・バッゲ（1912-1996）
ホルスト・コルシング（1912-1998）
T・H・リットナー少佐
ジャン・カヴァイエス（1903-1944）フランスの哲学者
ブロディー大尉
パトリック・ブラケット（1897-1974）イギリスの物理学者
サー・チャールズ・ガルトン・ダーウィン（1887-1962）イギリスの物理学者
サー・チャールズ・フランク（1911-1998）イギリスの物理学者
エーディト・ハーン　オットーの妻

時間

マルティン・ハイデッガー（1889-1976）ドイツの哲学者

著者略歴

（Jérôme Ferrari）

1968年パリ生まれの作家・翻訳家．両親ともフランス南部コルシカ島の出自．パリ第一大学で哲学教授資格を取得後，コルシカ島の高校で哲学を教えるかたわら同島バスティアで哲学カフェを主催．以後，アルジェ（アルジェリア）やアジャクシオ（コルシカ）で2012年まで，アラブ首長国連邦のアブダビで2015年まで教員を続ける．2001年に短篇集『*Variétés de la mort*（死の多様性）』でデビュー，それ以降の創作活動により，『*Un dieu un animal*』（2009）でランデルノー賞，『*Où j'ai laissé mon âme*』でフランス・テレビ小説賞，『*Le Sermon sur la chute de Rome*（ローマ陥落についての説教）』（2012）でゴンクール賞を受賞．エッセー『*Il se passe quelque chose*』（2017）．

訳者略歴

辻由美〈つじ・ゆみ〉 翻訳家・作家．著書『翻訳史のプロムナード』（みすず書房，日本出版学会賞）『世界の翻訳家たち』（新評論，日本エッセイストクラブ賞）『カルト教団太陽寺院事件』（みすず書房）『図書館で遊ぼう』（講談社現代新書）『若き祖父と老いた孫の物語　東京・ストラスブール・マルセイユ』（新評論）『火の女シャトレ侯爵夫人18世紀フランス，希代の科学者の生涯』（新評論）『街のサンドイッチマン　作詞家宮川哲夫の夢』（筑摩書房）『読書教育』（みすず書房）ほか．訳書　ジャコブ『内なる肖像　一生物学者のオデュッセイア』（みすず書房），ヴァカン『メアリ・シェリーとフランケンシュタイン』（パピルス），メイエール『中国女性の歴史』（白水社），ジェルマン『マグヌス』，ポンタリス『彼女たち』，チェン『ティエンイの物語』『さまよう魂がめぐりあうとき』，ドゥヴィル『ペスト＆コレラ』，ドルーアン『昆虫の哲学』（以上，みすず書房），アラミシェル『フランスの公共図書館　60のアニマシオン』（教育史料出版会）ほか．

ジェローム・フェラーリ

原　理

ハイゼンベルクの軌跡

辻由美訳

2017年 4 月 20 日　印刷
2017年 5 月 1 日　発行

発行所 株式会社 みすず書房
〒113-0033 東京都文京区本郷 5 丁目 32-21
電話 03-3814-0131(営業) 03-3815-9181(編集)
http://www.msz.co.jp

本文組版 キャップス
本文印刷所 精文堂印刷
扉・表紙・カバー印刷所 リヒトプランニング
製本所 東京美術紙工

ISBN 978-4-622-08610-9
[げんり]